BERLIN

... eine Stadt zum Leben und Arbeiten

Mit den
besten Empfehlungen
überreicht
vom

Senator für
Arbeit und Betriebe

An der Urania 4–10,
1000 Berlin 30,
Tel.: (0 30) 21 22 24 41 / 2

BERLINISCHE REMINISZENZEN 35

Felix Henseleit/Walter Bickel

Berliner Küche

gestern und heute

mit 57 Rezepten

SAPERE AUDE

HAUDE & SPENER

Satz: Volker Spiess, Berlin
Druck: Color Druck G. Baucke, Berlin
Umschlag: Hauke Sturm, Berlin
ISBN 3-7759-0200-7

Inhaltsverzeichnis

Adolph Glassbrenner, ohne dessen geistige Hinterlassenschaft, ohne dessen Witz das Bild Berlins, wie es das 19. Jahrhundert geprägt hat, doch in manchem bereits verblassende Farben und unscharfe Konturen hätte, hat einmal gesagt: «Der Berliner ißt nur, um dabei zu lesen.» Das stellt zwar dem wachen Sinn der Berliner für geistige Kost ein gutes Zeugnis aus, aber es ist nicht das beste Zeugnis für seinen Behaglichkeitssinn. Esskultur aber, so äußerte nicht ohne gelinde Herablassung ein aus anderen Breiten zugereister Freund, setze das Gefühl für Behaglichkeit voraus. Behaglichkeit, so meinte er, läßt sich aber nur erzeugen, wenn man sich mit Gemächlichkeit zu Tische begibt. Diese nun sei des Berliners Sache nicht. Ein Vorurteil, das viele Berlin-Gäste im geistigen Reisegepäck mitbringen. Glassbrenner hatte es nicht; sein Ausspruch war nur die provokative Pointe eines Liebenden.

Dieses kleine Buch soll dazu beitragen, solche Vorurteile wenn schon nicht abzubauen, so doch etwas zu reduzieren: in seiner Eckkneipe jedenfalls kultiviert der Durchschnittsberliner (wenn auch nur der ältere) die Tugend der Gemächlichkeit — und damit den Sinn für Behaglichkeit — ausgiebig. Der Verfasser bekennt: er weiß sich nicht frei von lokalpatriotischer Voreingenommenheit — er darf anmerken, daß das Konzept zu diesem kleinen Buch, das der Berliner Küche Altäre bauen soll, immerhin nicht im Duftbereich der Berliner Küche entstand, sondern viele Bahnstunden davon entfernt, in einem Kärntner Kurort im Angesicht der Karawanken. Die ersten Notizen entstanden dort zwischen dem Genuß einer schmackhaften Frittatensuppe und eines sehr geglückten Senfbratens mit Muscherln; auch ein delikater Topfkuchen als Nachtisch vermochte ihn aber nicht daran zu hindern, der Berliner «Küchenlandschaft» freundliche Gedanken zu widmen.
Sie ist nicht so hoffnungslos prosaisch und fantasiearm, wie das mancher Gourmet noch immer glaubt. Das hat schon Theodor Fontane nicht gefallen, dem wir die

Berliner Kartoffelsuppe

1 Eßlöffel Zwiebelwürfel; 1 Eßlöffel gewürfelter Speck; 1 kg Querrippe; 1 Mohrrübe; $^{1}/_{4}$ Sellerieknolle; 1 kleine Staude Porree; 750 g geschälte Kartoffeln; 1 Eßlöffel gehackte Petersilie.

Die Querrippe mit 1½ bis 2 l Wasser ansetzen, nur leicht salzen und 30 Minuten kochen lassen. Das kleingeschnittene Wurzelwerk hinzufügen, weitere 30 Minuten kochen und dann die grobgewürfelten Kartoffeln hineingeben. Sobald alles gargekocht ist, nimmt man das Fleisch heraus, schneidet es in kleine Würfel und gibt es wieder in die Suppe. Sie soll durch das Zerkochen der Kartoffeln etwas sämig sein. Zum Schluß wird der Speck angeröstet, die Zwiebelwürfel werden hinzugegeben und wenn alles leicht gebräunt ist in die Suppe gegeben und mit der gehackten Petersilie bestreut aufgetischt.

Bierkaltschale

1 l Weißbier; 100 g Zucker; das Abgeriebene 1 Zitrone; 100 g geriebenes Schwarzbrot; 75 g Korinthen; 4—5 entkernte, entrindete Zitronenscheiben.

Die Korinthen in warmem Wasser aufquellen lassen und abgießen. Das Reibbrot im Ofen rösten, mit dem Zucker vermengen und durch ein Drahtsieb reiben. Das Weißbier aufkochen, mit der abgeriebenen Zitronenschale vermischen, zudecken, und erkalten lassen. Das Reibbrot mit dem Zucker, die Korinthen und die Zitronenscheiben in eine Suppenterrine geben, das Weißbier darübergießen, zudecken und vor dem Servieren sehr gut kühlen.

Verse des Gedichts «Das Land Gosen» verdanken. Dort heißt es u. a.:

Oft hör' ich: Unsere gute Stadt
Augenscheinlich eine Verheißung hat.
Der Himmel, der uns so hegt und pflegt
hat uns alles wie vor die Türe gelegt:
Im Grunewald Schwarzwild, Hirsch und Reh,
Spargel en masse bei Halensee,
Dill und Morchel und Teltower Rüben,
Oderkrebse hüben und drüben,
Auf dem hohen Barnim Fetthammelherden
(werden mit Nächstem Southdowns werden),
Königshorster Butter, in Sperenberg Salz,
Im Warthebruch Gerste, Graupen und Malz,
In Kienbaum Honig, im Havelland Milch,
In Luckenwalde Tuch und Drillch,
Bei den Werderschen Kirschen und Aprikosen,
Und bei Potsdam ganze Felder von Rosen.
Nichts entlehnt und nichts geborgt,
Für Großes und Kleines ringsum gesorgt.

Das klingt doch wirklich nach Behaglichkeit, nach Bereitschaft, das Leben in aller Gemächlichkeit, dankbar und aufmerksam für seine Gaben, zu genießen. Das Gedicht Fontanes entstand allerdings zu einer Zeit, als der Schnellesser von heute, dem Managertyp unserer Tage eng verwandt, noch unvorstellbar weit im Schoß der Zeiten lag. Man hatte Zeit, und hatte man sie nicht, so nahm man sie sich. Man tafelte eben, und Leibesfülle zeugte davon, daß man zu leben wußte — wenn diese ausgiebig betriebene Kunst des Tafelns auch nur selten etwas mit Ernährungsvernunft zu tun hatte (und hat).

Graupensuppe mit Backpflaumen

*150 g Graupen; 1¼ l Wasser; 50 g Butter;
350 g Backpflaumen; die dünn abgeschnittene Schale
1 Zitrone; 1 kleines Stück Zimt. Kochzeit 2 Stunden.*

Die Graupen über Nacht einweichen, abtropfen, mit 1¼ l Wasser ansetzen, die Butter und eine Prise Salz hinzugeben und langsam garkochen. Die gleichfalls zuvor eingeweichten Backpflaumen mit der Zitronenschale und Zimt dünsten und, wenn sie gar sind, kurz vor dem Garwerden der Graupen hinzugeben. Die dicklich gehaltene Suppe mit Salz und Zucker abschmecken.

Löffelerbsen mit Schweinsohr und Schnauze

125—150 g gelbe, ungeschälte Erbsen; 1 gepökeltes Schweinsohr; ½ gepökelte Schnauze; 1 mittelgroße Zwiebel; ⅛ Sellerieknolle; 1 Petersilienwurzel; 1 Stückchen Porree; 500 g geschälte Kartoffeln; 1 kleines Lorbeerblatt.

Die Erbsen verlesen, waschen und über Nacht einweichen. Mit ungefähr 1½ l Einweichwasser, dem Schweineohr und der Schnauze ansetzen und das würflig geschnittene Gemüse sowie das Lorbeerblatt hinzugeben. Langsam garkochen, die Erbsen sollen weich, aber nicht zerkocht sein. Mäßig mit Salz und etwas Majoran würzen und 20 Minuten vor dem Garwerden die kleingewürfelten Kartoffeln hinzufügen. Sobald das Schweinefleisch gar ist — es benötigt etwa 70 Minuten — herausnehmen, in Streifen schneiden und wieder in die Suppe geben.
Man kann das Schweinsohr und die Schnauze auch für sich kochen und mit etwas von der Brühe in die fertige Suppe geben. Vor allem: nur sehr mäßig salzen, da das Pökelfleisch ja salzig ist.

Wie eng Poesie und Prosa auf diesem Feld beieinander liegen, beweist immerhin der Ausspruch eines Mannes, der etwas von Lebenskunst verstanden haben muß. Er war ein Gourmet in Sachen Literatur und zugleich ein Gourmet der Zunge; er notierte diesen erstaunlichen Satz: «Wer in Kleists ‹Prinz von Homburg› nicht den märkischen Erdgeschmack findet, welcher demjenigen der Teltower Rüben verwandt ist, hat Kleist nicht verstanden.»

*

Die Berliner Küche ist also seit geraumer Zeit Literaturthema. Schon aus diesem Grund ist sie längst nicht mehr ein Stiefkind der Weltspeisekarte.

Ihre Wahrzeichen allerdings, so großer Beliebtheit sie sich auch erfreuen, sind zumeist bescheidener Natur. Eines dieser Wahrzeichen der Berliner Speisekarte ist die *Bulette.* Wie beliebt sie bei gebürtigen und auch bei zugewanderten Berlinern ist, zeigt schon, daß die Flußpferd-Mama vom Zoo-Publikum auf den Namen Bulette getauft wurde.

Wer aber über die Bulette schreiben will, muß vorerst etwas über die *Schrippe* sagen. Es hieße sie verkennen, wollte man sie einer *Semmel* so ohne weiteres gleichsetzen. Eine Schrippe verliert ihre Ansehnlichkeit, sagen wir schon ihr «Image», nicht, wenn sie gealtert ist, ja, im altbackenen Zustand gewinnt sie noch an Reiz: ihre Altbackenheit bringt einen neuen Lebensfrühling mit sich — sie ist, gerieben, zum Panieren geeignet, sie verlängert manches Fleischgericht sehr schmackhaft und wird sogar in den Ritterstand erhoben, wenn auch nur in den Stand des «Armen Ritters». Unsere Großmutter

Löffelerbsen mit Spitzbeinen

175 g gelbe, ungeschälte Erbsen; 1 Mohrrübe; 1 große Zwiebel; ¼ Sellerieknolle; 3 Spitzbeine; 1 Lorbeerblatt. Kochzeit: ungefähr 70 Minuten.

Die Erbsen verlesen, waschen, und wenigstens 6 Stunden einweichen. Mit ungefähr 1½ l Einweichwasser, den Spitzbeinen, dem Lorbeerblatt und dem gewürfelten Gemüse ansetzen, mit Salz und Pfeffer würzen und langsam garkochen; man kann auch etwas Majoran hinzugeben. Die Erbsen sollen weich, aber nicht zerkocht sein, notfalls gibt man noch etwas Wasser hinzu. Sobald die Spitzbeine gar sind, herausnehmen, entknöcheln, in Stückchen oder Streifen schneiden und wieder in die Suppe geben. Man kann die Spitzbeine für sich kochen und mit etwas von der Brühe in die fertige Suppe geben.

Aal grün mit Gurkensalat

800—1000 g Aal; 1 Petersilienwurzel; 2 kleinere Zwiebeln; 1 kleines Lorbeerblatt; einige Gewürz- und Pfefferkörner; 1 kleines Bündelchen Petersilie, Dill, Salbei und Estragon. Zur Sauce: 40 g Butter; 30 g Mehl; 1/10 l süße Sahne; 1 Eßlöffel gehackter Dill und Petersilie; Saft ½ Zitrone.

Man läßt sich am besten den Aal vom Fischhändler töten, abziehen und die Eingeweide ausstoßen. Das nötige Wasser mit etwas Salz, den kleingeschnittenen Zwiebeln und die Petersilienwurzel, die Gewürze und das Kräuterbündel hinzugeben und alles zusammen 10 Minuten kochen. Den gutgewaschenen Aal in kleinfingerlange Stücke schneiden, in den Sud geben und langsam 15 Minuten kochen lassen. Inzwischen bereitet man von der Butter und dem Mehl eine helle Mehlschwitze, füllt mit ungefähr ¾ l der passierten legte altbackene Schrippen — sie wurden dann auch noch in ein Milchbad getan — in die Ofenröhre. Wenn sie schließlich, mit Zucker bestreut, den Enkeln aufgetischt wurden, so war das jedesmal ein kleines kulinarisches Fest. Natürlich kann man Arme Ritter auch aus *Semmeln* herstellen, — die Berliner, mindestens die Berliner von ehedem, hielten jedoch daran fest, daß ihre, aus *Schrippen* entstandenen, Armen Ritter doch noch aristokratischer seien als die «Semmel-Ritter» aus anderen Gegenden. Denn *Schrippen* gibt es eben nur in Berlin. Es ist ein Berliner Gebäck — und eine angestammte Berliner Vokabel.

Besagte Schrippe nun steht der Bulette sehr nahe, nicht selten hört man mißbilligend, sie stehe ihr *zu* nahe. Man findet die Bulette, ein Produkt aus Hackfleisch und erweichten Altschrippen, in Glaskästen auf den Büffets der Berliner Kneipen, die ja meistens Eckkneipen sind. Wer eine Bulette verlangt, bekommt stillschweigend einen *Mostrichtopf* dazu, — den Inhalt als *Senf* zu bezeichnen würde einem alteingesessenen Berliner Kneipengänger nicht einfallen. Aber die gnadenlose Zerstörerin Zeit hat auch hierin neue Akzente gesetzt: die jüngeren Semester bekennen sich zur Vokabel *Senf*; die Bezeichnung Mostrich ist für die junge Generation nicht mehr up to date, und morgen wird sie im Schoß der Zeiten versunken sein, eine abgelegte Vokabel, der man keine Träne nachweint . . .

Der kalt zu genießenden Bulette eng verwandt ist der *Hackepeter*. Er wurde, nach sicheren Quellen, 1903 zum erstenmal erwähnt. Folgen wir dem Berliner Koch-

Aalbrühe auf, gibt die Sahne hinzu und verkocht alles zu einer sämigen Sauce. Sie wird mit Salz und Zitronensaft abgeschmeckt, gehackter Dill und Petersilie werden hinzugegeben.
Die gut abgetropften Aalstücke werden mit der Sauce übergossen und dazu reicht man Salzkartoffeln und Gurkensalat.

Karpfen in Bier

2 kg Karpfen; 1 große Mohrrübe; 2 mittelgroße Zwiebeln; ½ Lorbeerblatt; die dünn abgeschnittene Schale 1 Zitrone; ¾ l Braunbier; 150 g geriebener brauner Pfefferkuchen; 50 g Butter; Saft 1 Zitrone; 1 Gewürznelke; 20 g Zucker; 1 Eßlöffel Essig.

Den Karpfen entweder der Länge nach spalten und in Portionsstücke oder in dicke Scheiben schneiden, einsalzen und eine halbe Stunde stehen lassen. Auf den Boden einer passenden Kasserolle die in Scheiben geschnittenen Zwiebeln und Mohrrübe, die Zitronenschale, Nelke und Lorbeerblatt geben und die abgespülten Fischstücke obenauf legen. Mit dem Bier aufgießen, leicht salzen und pfeffern und zugedeckt 15—20 Minuten langsam kochen lassen. Die Karpfenstücke herausnehmen und warmstellen und den Pfefferkuchen, den braungerösteten und mit dem Essig abgelöschten Zucker in den Sud geben und durchkochen. Mit Zitronensaft würzen, mit Butterflocken vervollständigen und durch ein Sieb streichen. Die abgeschmeckte Sauce über den angerichteten Fisch gießen und dazu Salzkartoffeln servieren.

spezialisten und kulinarischen Schriftsteller Wilhelm Dietmann, der diese deftige Delikatesse in der Zeitschrift «Gastronomie» als Berliner Spezialität einmal beschrieben und gepriesen hat: nur reines, sehnenfreies und selbstverständlich frisches Schweinefleisch darf dazu verwendet werden, ein Drittel soll fett sein, zwei Drittel mager. Man dreht es durch den Wolf, gibt Salz und Pfeffer im vertretbaren Verhältnis dazu, reichert das Gemisch mit Zwiebeln an und darf das Ganze nun als echten Hackepeter verzehren. Wer ein übriges tun will, gönnt sich Molle und Korn (bzw. «Körner») dazu, und es ist fast Ehrensache, die mit Hackepeter veredelte Schrippe als *Stehimbiß* zu genießen.
Die Geschichte des Hackepeters läßt sich übrigens genau verfolgen: Der Gastwirt Eduard Martin soll sein «Schöpfer» gewesen sein. Er war, ein erfindungsreicher Mann, immer auf der Suche nach kleinen Besonderheiten für das Büffet seiner Eckkneipe, die er in der Landsberger Straße betrieb. Der Einfall mit dem Hackepeter soll ihm gekommen sein, als, wie bemerkt, unser Jahrhundert drei Jahre alt war. Der Einfall war zukunftsträchtig: Hackepeter hat überlebt.

Ein Hackepeter-Brötchen ist natürlich nur ein kleines Zwischengericht, ein schneller Magentrost zwischen Tür und Angel.
Weltbekannt — wenn man schon dabei ist, eine Parade der Berliner Gerichte nach Größenordnungen abzunehmen — ist z. B. das *Eisbein.* Kaum einer, der sich dem Genuß dieser Kostbarkeit hingibt — die, wie wir wissen, durch Beigabe von Erbsbrei und Sauerkraut ver-

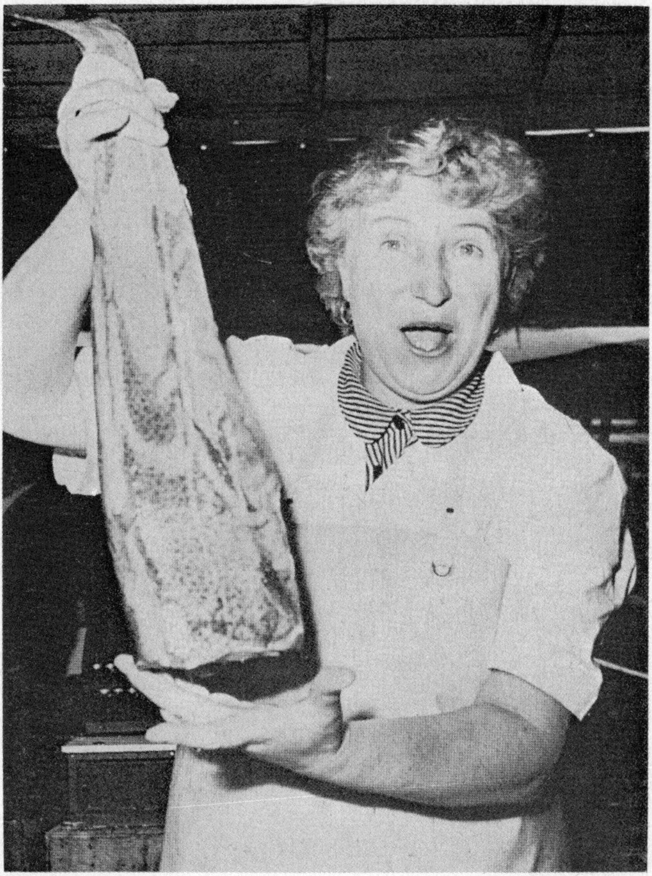

Strahlt Lebensfreude aus: Populäre Markthändlerin, von den Berlinern «Fisch-Grete» genannt.

Verfügt über eine appetitanregende Suada, die sachkundige Berliner Gemüsefrau.

Havelzander mit Kartoffelsalat

1200—1500 g Zander mit Gräte; 1 Zitrone; Mehl; Butterfett zum Braten; 50 g Butter; Kartoffelsalat; gehackte Petersilie.

Den Zander in reichlich fingerdicke Stücke schneiden, leicht salzen, mit Zitronensaft beträufeln, mit Mehl bestauben und beiderseits in heißem Butterfett zu schöner, brauner Farbe braten; jede Seite ungefähr 6 Minuten. Den angerichteten Fisch reichlich mit frischgehackter Petersilie bestreuen und mit schäumender brauner Butter übergießen. Den Kartoffelsalat mit einer heißen Marinade bestehend aus verdünntem Weinessig, kleinwürflig geschnittener Zwiebel, Öl, Salz und Pfeffer übergießen und mindestens eine Stunde vor dem Gebrauch durchziehen lassen.

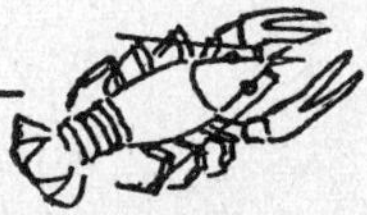

Krebse in Dill

24 Mittelkrebse; 1 großes Bündel Dill, 1 mittelgroße Zwiebel; 1 kleine Zwiebel; 40 g Butter; 1 Teelöffel Kümmel; 1 l milde Fleischbrühe; ½ Teelöffel Paprika; Salz; ½ Flasche trockener Weißwein. Kochzeit der Krebse: 8 Minuten.

Die Zwiebel in Scheiben schneiden, den Dill grob hacken und beides nur leicht in der Butter anschwitzen. ½ Flasche Weißwein hinzugießen, mit der Fleischbrühe und ebensoviel Wasser auffüllen, Kümmel und Paprika hinzufügen und langsam 20 Minuten kochen. Die gut gewaschenen und abgebürsteten Krebse in den kochenden Sud werfen, zudecken und garkochen.

Die Krebse mit der abgeschmeckten Brühe in einer großen Terrine zu Tisch bringen. Schöner ist es, die gut abgetropften Krebse mit krauser Petersilie anzurichten und die eingekochte, durchgeseihte recht heiße Brühe in kleinen Tassen nebenbei zu servieren.

edelt wird — dürfte sich Gedanken darüber machen, warum dieses Gericht eigentlich Eisbein heißt. Die Geschichte dieses Gerichts müssen wir über viele Generationen zurückverfolgen, in jene Zeit, als man noch nicht so weit war, Eisen in Stahl verwandeln zu können. Damals wurden aus dem widerstandsfähigsten Knochen des Schweines... Schlittschuhe hergestellt. Das Schienbein war besonders geeignet dafür, — es war nun zum «Eisbein» geworden.
Von Experten der Kochkunst, die nicht nur Rezepte entwerfen und ausprobieren, sondern sich auch für die Geschichte einzelner Eßbarkeiten interessieren, ist schon vor langer, langer Zeit als verbürgt weitergegeben worden, daß in Berlin in einem Restaurant am Görlitzer Bahnhof zum erstenmal Eisbein serviert worden sei.

Auch das *Kasseler,* schweinernes Kotelettstück, leicht gepökelt, ist in Berlin beheimatet; aus Kassel stammt es jedenfalls nicht. In die Welt gesetzt wurde es in der Potsdamer Straße Nr. 15 in Berlin vom Schlächtermeister Cassel.
Berlinischer Herkunft ist auch die *Jagdwurst.* Einst hieß sie *Kaiser-Jagdwurst,* und zu der Zeit, da Deutschland noch Monarchie war, verlangte man sie im Schlächterladen unter diesem Namen — wer aber nur kurzweg Jagdwurst sagte, geriet auch nicht gleich in den Verdacht, die bestehende Ordnung in Frage zu stellen. Schließlich war Berlin eine liberal regierte Stadt, auch in jenen Tagen.
Die *Bockwurst* soll zuerst am Hackeschen Markt in einem Schlächterladen unter die Leute gebracht worden

Schleie in Dillsauce

4 Schleie von 200—250 g; 1 mittelgroße, in Scheiben geschnittene Zwiebel; 4 Scheiben Zitrone; 1/2 Lorbeerblatt; 6 Gewürzkörner, etwas Petersilie. Sauce: 30 g Butter; 1 Eßlöffel Mehl; 1 kleine gehackte Zwiebel; 1/2 Tasse Sahne; 1 Eigelb; Zitronensaft; 1 Eßlöffel gehackter Dill; 1/2 Löffel gehackte Petersilie; 1 Stückchen frische Butter, etwa 10 g.

Die Schleie schuppen, ausnehmen und gut waschen. Etwas Wasser mit den Zwiebel- und Zitronenscheiben, Lorbeerblatt, Gewürzkörnern und Petersilie 10 Minuten kochen, die Schleie hineingeben und nach dem Aufkochen 15 Minuten ziehen lassen. Inzwischen die gehackte Zwiebel mit 30 g Butter anschwitzen, das Mehl hinzugeben, eine helle Schwitze bereiten und mit reichlich ½ l passierter Schleibrühe verrühren und sämig kochen. Diese Sauce mit dem in der Sahne verquirlten Eigelb abziehen, mit Salz und Zitronensaft abschmecken und mit dem gehackten Dill, der Petersilie und der frischen Butter vervollständigen. Die gut abgetropften Schleie richtet man nebeneinander in einer etwas vertieften Platte an, gießt die Sauce darüber und reicht dazu Butterkartoffeln.

sein; jedenfalls soll sie, übrigens unwidersprochen, Heimatrechte in Berlin haben. Diese darf man auch dem *Rollmops*, gebildet aus einem marinierten Hering, zusprechen, wie auch «*Aal jrün*» (selbstverständlich mit Gurkensalat serviert) sowie das *Neunauge* (aristokratischer *Lamprete* genannt) mit Spreewasser getauft sind, — beim Spree-Hecht ist das ohnehin selbstverständlich.

*

Zum Erscheinungsbild des alten Berlin gehört der *Schusterjunge*; er wurde viel zitiert und gezeichnet, aber er ist nur noch eine immer mehr verblassende Erinnerung. Es gibt ihn nur noch als ... Backwerk, das die jüngere

Schellfisch mit Senfbutter

1 kg Schellfisch; 1 große Zwiebel, 8 Gewürzkörner;
1 Gewürznelke; 1 kleines Lorbeerblatt;
1 Eßlöffel Senf; 60—70 g Butter.

Einen Fischsud ansetzen, indem man Gewürzkörner, Lorbeerblatt, Nelke und Zwiebelscheiben in leichtem Salzwasser 10 Minuten kochen läßt. Den Fisch in Portionsstücke schneiden, in den kochenden Sud geben, einmal aufkochen und dann in dem Sud garziehen lassen, wozu 12—15 Minuten benötigt werden.
Inzwischen die Butter in einer Pfanne aufschäumen lassen, den Senf hinzugeben und mit dem Schneebesen umrühren, bis die Butter nußbraun ist.
Den gut abgetropften Schellfisch auf einer Serviette anrichten, mit krauser Petersilie und Zitronenspalten garnieren und die Senfbutter und Salzkartoffeln dazugeben.

Bockwurst mit Kartoffelsalat

4 Paar Bockwürste; 1 kg Kartoffeln; 1 mittelgroße, gehackte Zwiebel; 1/2 l Wasser oder Knochenbrühe;
1/2 Tasse Öl; 1/2 Tasse Weinessig; Salz; Pfeffer;
1 Eßlöffel gehackte Petersilie.

Die Kartoffeln in der Schale nicht zu weich kochen; am besten eignen sich Nierenkartoffeln zum Salat. Die Kartoffeln pellen, noch warm in dünne Scheiben schneiden und sogleich in folgende Marinade legen: Die gehackte Zwiebel in dem Wasser ansetzen, Salz, Pfeffer, Essig und Öl hinzugeben und alles kochen, bis die Zwiebel weich ist. Die Kartoffelscheiben in der Marinade gut durchziehen lassen, die gehackte Petersilie hinzugeben, gut durchschwenken, abschmecken, notfalls noch etwas Essig hinzugeben und warm zu den heißgemachten Würstchen servieren.

Generation allenfalls als *Salzkuchen* kennt. Man weiß: Das ist ein in Mehl gewälztes Roggenbrötchen, das neuerdings sogar auf manchem repräsentativen Empfang am Kalten Büffet auftaucht, dann selbstverständlich zu Schmalz und Harzer. Warum man einst «Schusterjunge» zu diesem Roggenbrötchen sagte, kann nur erraten werden und hat wohl etwas mit der Sozialstellung des armen Schusterjungen zu tun, der in einer «feudalistisch» ausgerichteten Zeit nur selten in den Genuß eines Milchbrötchens gekommen sein wird...

Eine besondere Historie rankt sich um ein Gebäck, das seine hohe Zeit zu Silvester und am Fastnachts-Dienstag hat: Der *Berliner Pfannkuchen.* Sie soll hier zum Besten gegeben werden: Es war Anno 1756. Der Siebenjährige Krieg (von dem man allerdings nicht wußte, daß er sieben Jahre dauern würde) hatte begonnen. Ein junger Berliner war zur Artillerie kommandiert worden, er erwies sich aber als untauglich für den Waffendienst. Das Regiment gab ihn jedoch nicht her, und so blieb er bei der Artillerie, wenn auch lediglich als Bäcker. Er hat sich dem Schicksal gegenüber, das ihn gnädig verschonte, mit einer guten Tat revanchiert: er erfand den Berliner Pfannkuchen und gab ihm die Form, die damals Artilleriegeschosse hatten, die Form einer kleinen Kanonenkugel. Es ist nicht sicher, ob der biedere Bäcker-Artillerist gewußt hat, daß dieses Gebäck schon vor ihm einer erfunden haben soll, — lange vorher: Roms Konsul Marcus Porticus Cato scheint, wenn man gedruckten Gerüchten glauben kann, zuerst ein Pfannkuchen-Rezept entworfen zu haben.

Bratheringe mit Bratkartoffeln

4 große oder 8 kleine frische Heringe; 60 g Bratfett; 4 kleine Lorbeerblätter; 2 Zitronen; 3 mittelgroße Zwiebeln; 1 l sehr leichter Weinessig; $^{1}/_{4}$ l Wasser; 1 Zweig Thymian; 8 Gewürzkörner; 8 g Salz; Mehl.

Bratzeit: je nach Größe 8—12 Minuten.
Die ausgenommenen, geschuppten und gewaschenen Heringe sehr gut abtrocknen, mehlen und in heißem Fett auf beiden Seiten braten. In einen irdenen Topf mit den Lorbeerblättern und den in Scheiben geschnittenen Zitronen schichten. Den Essig mit dem Wasser, den in Scheiben geschnittenen Zwiebeln, Gewürzkörnern, Thymian und Salz 5—6 Minuten kochen und nach dem Erkalten über die Heringe gießen, so daß sie gut bedeckt sind. Kühl aufbewahrt halten sie sich bis zu 8 Tagen.
Die Heringe mit etwas von ihrer Lake, Zwiebeln und Zitronenscheiben anrichten und dazu Bratkartoffeln reichen.

Gekochte Eier mit Mostrichsauce

8 Eier; 2 Eßlöffel Butter; 1 gehäufter Eßlöffel Mehl; $^{1}/_{2}$ l Fleischbrühe; 1 Prise Salz; 1 Prise Zucker; 1 großer Löffel Mostrich; etwas Essig.

Von der Butter und dem Mehl eine hellbraune Mehlschwitze herstellen, mit der Fleischbrühe anrühren, langsam 15 Minuten kochen lassen und dann mit dem Salz, Zucker und dem Mostrich abschmecken; die Sauce darf dann nicht mehr kochen. Die Eier 7—8 Minuten kochen, schälen, und in die heiße Sauce geben. Dazu reicht man Salzkartoffeln, oft wird auch ein grüner Salat dazu gegessen.

In unserer Kinderzeit legten wir manches von den Eltern ergatterte Groschenstück in einer Berliner *Melone* an, die ja nichts mit der erquickenden Südfrucht zu tun hat. Sie hatte (und hat bisweilen noch) eine hübsche, beruhigend ovale Gestalt, aus der ein ebenso ovaler kleiner Höcker herausragt. Neuerdings sind diese Melonen als Minigebäck zu haben. Auch in dieser Form, industriell hergestellt, haben sie den feinen Geschmack, der uns aus Kindertagen so vertraut ist.
Die Melone war damals schon ein Glanzstück unserer Taschengeld-Erwerbungen, — niemals hätten wir uns dazu versteigen können, etwa ein paar Baumkuchenringe zu erstehen, oder gar jene aristokratischen Lucca-Augen, in denen alle guten Geister der feineren Backkunst versammelt waren. Diese Lucca-Augen stellten eine frühe Beziehung zum Theater her. Man nannte sie so nach den schönen Augen der Sängerin und Schauspielerin Pauline Lucca, die einmal eine ganze Generation von jungen Kavalieren entflammt hat.

Herrschte im Taschengeldbeutel Ebbe, so war man gezwungen, den damals bei der Jugend sehr populären «*Warschauer*» zu kaufen, ein Sammelsurium aus ganz verschiedenen Backwerkresten, dessen Komposition oft ans Abenteuerliche grenzte. Unsere Eltern sahen es gar nicht gern, wenn sie herausbekamen, daß wir uns dem Genuß von Warschauer hingegeben hatten, denn meist hatte dieser Genuß einen verdorbenen Magen zur Folge. Eher einverstanden waren sie schon, wenn wir eine Tüte *Kuchenkrümel*, Warschauer also in loser Form, erstanden hatten. Das war schließlich eine Leckerei, die zwar

Saure Eier mit Specksauce und Quetschkartoffeln

8 Eier; 125 g gewürfelter Räucherspeck; 1 große gewürfelte Zwiebel; 2 Eßlöffel Mehl; $^1/_2$ l Fleischbrühe oder Wasser; 1 kleines Lorbeerblatt; Essig; 1 Prise Zucker.

Die Eier 6 Minuten kochen, schälen und in heißem, aber nicht kochendem Wasser warmhalten. Den Speck langsam hell anbraten, die Zwiebel hinzugeben, und sobald sie gelblich ist, das Mehl beifügen und hellbraun anschwitzen. Mit Fleischbrühe, notfalls auch Wasser, aufgießen, gut verrühren, das Lorbeerblatt, etwas Essig, Salz, Pfeffer und eine Prise Zucker hinzugeben und zu einer sämigen Sauce kochen. Ist sie zu blaß, mit einigen Tropfen Zuckerkulör färben.
Gekochte Kartoffeln grob stampfen, mit Milch und einem Stück Butter vermischen, und mit Salz und geriebener Muskatnuß würzen. Die Eier auf die Kartoffeln legen und mit der süßsäuerlichen Sauce übergießen.

Pellkartoffeln mit Leinöl und Quark

800 g kleine, gleichmäßige Kartoffeln; 600—700 g Quark; 8—10 Eßlöffel Leinöl; 3—4 Eßlöffel feingehackte Zwiebeln.

Die frischgekochten, am besten neuen Kartoffeln pellen und anrichten. Den Quark, das Leinöl und die gehackten Zwiebeln nebenbei reichen, damit sich jeder nach Belieben bedienen kann.
Dieses ursprünglich aus dem Spreewald nach Berlin gekommene Gericht erfreut sich großer Beliebtheit, weil es den Anforderungen moderner Ernährung entgegenkommt.

immer noch als unfein galt, aber doch in ihren Substanzen überschaubarer war.

Die *Berliner Weiße* hat nicht nur viele Generationen Durstiger erlabt, sie hat auch die Poeten nicht selten angeregt, ihre Leier anzustimmen. Von Richard Zoozmann, dessen Verse ja noch in unsere Generation hineinreichen, ist ein Sang an die Berliner Weiße bekanntgeworden. Er hatte in einem Gartenrestaurant nach einer langen Wanderung beim Kellner eine Weiße bestellt, — da der Tag aber heiß und der Garten überfüllt war, mußte er sehr lange warten, folgte dem an den Tischen vorbeieilenden Ober mit verlangenden Augen — und das hat er dann zu Hause zu Papier gebracht. Die Schlußstrophen seines Poems lauteten:

Brachte andern Trank und Speise,
Brachte aber mir nichts mit,
«Wo bleibt meine Weiße?» rief ich,
Als er abermals mich schnitt.
«Gleich Herr», ruft der Kellner,
«Wollen Sie sie *ohne* oder *mit*?» —
«Bringen Sie sie *ohne*», sprach ich,
«Aber bringen Sie sie *mit*!»

Jeder Berliner weiß: Eine Weiße «mit» ist Weißbier mit einem Schuß Himbeersaft oder, heute schon seltener, mit ein paar Spritzern «Maiwein» in mildem Waldmeistergrün. Weißbiertrinker, die die beträchtliche Tradition dieses Getränkes kennen, schätzen auch die Weiße «mit Strippe». Sie wissen: «Strippe» — das ist ein Glas

Feines Ragout in Muscheln (Ragoût fin en coquille)

200 g gekochtes Hühner- oder Kalbfleisch; 1 kleine Kalbsmilch; 1 Kalbszunge, zusammen 700—750 g Fleisch; 2 Eßlöffel Butter; 1 Eßlöffel Mehl; 1 Tasse helle Fleischbrühe, möglichst Kalbsbrühe; 1/10 l trockener Weißwein; 1/2 Tasse süße Sahne; 2 Eigelb; 1/2 Zitrone; 40 g geriebener Käse.

Eine gekochte Kalbszunge enthäuten und zusammen mit der weißgedünsteten Kalbsmilch, dem Hühner- oder Kalbfleisch in kleine Würfel schneiden. Von der Butter und dem Mehl eine weiße Mehlschwitze bereiten und mit der Fleischbrühe, dem Weißwein, Salz, Pfeffer und etwas dünn abgeschnittener Zitronenschale eine weiße Sauce bereiten und langsam 15 Minuten kochen; ist sie zu dick, noch etwas Brühe hinzugeben. Das Eigelb mit der Sahne verrühren und die Sauce abseits des Feuers damit binden. Mit Zitronensaft würzen und gut abschmecken. Das gewürfelte Fleisch in die gut bindende Sauce geben und in vier Muschelschalen verteilen. Mit Parmesan- oder Schweizer Käse bestreuen und im heißen Ofen bei starker Oberhitze überbacken. Ein Teil des Fleisches kann durch Champignons ersetzt werden, man kann anstelle der Kalbsmilch auch ein gutgewässertes Kalbshirn nehmen.

Trotz der französischen Bezeichnung «Ragoût fin» (berlinerisch: raguh feng), ist dieses Gericht zuerst in Berlin populär geworden, obwohl man es in dieser Form in Frankreich nicht kennt. Wahrscheinlich wurde es von Hugenotten in Berlin eingeführt und als «Ragoût fin de volaille et champignons en coquille» oder «Ragoût fin de ris de veau» usw. bezeichnet und von den Berlinern einfach als «Ragout fin» abgekürzt.

Kümmel, dessen Inhalt der Weiße schärfere, männlichere Konturen gibt. Unter den Getränken berlinischer Herkunft ist die Weiße die «Kühle Blonde».

Berlinischer Herkunft? Das ist nicht so ganz korrekt. Die Weiße wurde zwar in Berlin schon vor Jahrhunderten zu dem Labetrank verfeinert, der sie heute ist. Sie wurde aber zuerst — gegen Ende des sechzehnten Jahrhunderts — von Hamburg aus in die Welt geschickt. Ihr Hauptbestandteil ist Weizenmalz. Als der Gärungserreger dieses Weizenbieres mit dem Berliner Wasser in Berührung kam, erhielt das Getränk seinen so besonderen Geschmack. Im Jahre 1628, als Heere durstiger Krieger (der Dreißigjährige Krieg war gerade zehn Jahre alt) durchs Land zogen, hat sich auch Wallenstein an ihr delektiert. Man schreibt ihm zu, daß er sie als das einzige Getränk bezeichnet hat, das nach einem heißen Gefechtstag seinen Durst löschen könne. So ging das Weißbier in die Geschichte ein.

Das Hamburger Weizenbier wurde Anno 1575 zum erstenmal erwähnt. Im Leben der «Kühlen Blonden» war der 9. November des Jahres 1680 ein entscheidender Tag. Damals wurde ein Staatsdekret erlassen, durch das den brandenburgischen Bürgern, die Braurechte beantragen wollten (oder denen Braurechte schon zuerkannt waren) eine Sondersteuer auferlegt. Das Dekret war vom brandenburgischen Kurprinzen erlassen worden, der nach dem Tod des Großen Kurfürsten Brandenburgs Herrscher wurde und sich 1701 zu Königsberg die Krone Preußens aufs Haupt setzte.

In unserer Jugend kaufte man die Weiße noch in Steinkruken. Darin hatte sie schon eine lange Ablagerungs-

Kartoffelpuffer mit Preiselbeeren oder Apfelmus

$1\frac{1}{2}$ kg große Kartoffeln; 1—2 Eßlöffel Mehl; 2 Eier; Salz; Schmalz; Streuzucker; Preiselbeeren oder Apfelmus.

Die Kartoffeln schälen und auf dem Reibeisen reiben. Das meiste Wasser auf einem Sieb oder durch ein Tuch ausdrücken. Die Masse mit dem Mehl und den Eiern verrühren und salzen. Schweineschmalz in einer Stielpfanne heiß werden lassen und genügend Kartoffelmasse in die Pfanne geben, um einen großen Puffer zu machen oder, was empfehlenswerter ist, jeweils kleine Puffer von reichlich einem Eßlöffel in die Pfanne geben und zu länglichen oder runden Puffern dünn ausstreichen. Auf diese Weise kann man 2—3 kleine Puffer auf einmal backen. Die Puffer bei mäßiger Hitze auf beiden Seiten braun und knusperig backen und mit Streuzucker, Preiselbeeren oder Apfelmus zu Tisch geben.

Berliner Buletten mit Mostrich und Knüppel

300 g schieres Rindfleisch; 300 g schieres Schweinefleisch; $1\frac{1}{2}$ altbackene Schrippen; 1 Ei; 1 große gehackte Zwiebel; Butter oder Schmalz zum Braten; Salz; Pfeffer. Bratzeit: 10 Minuten.

Die gehackte Zwiebel mit etwas Butter anschwitzen, die Schrippen einweichen und gut ausdrücken. Das Fleisch durch die feine Scheibe des Fleischwolfs treiben; man kann es auch fertig beim Schlächter kaufen. Das Fleisch mit den Schrippen, der Zwiebel, dem Ei, Salz und Pfeffer gut durcharbeiten und in acht Stücke teilen. Zu abgeflachten Kugeln formen und in Butter oder Schmalz braten. Warm gibt man sie mit der Bratbutter übergossen und Salzkartoffeln zu Tisch. — In der Hauptsache ißt man sie kalt oder lauwarm mit Mostrich und Knüppel.

zeit hinter sich. Hier, in der Kruke, wurde sie sozusagen erst erwachsen, d. h. hier bekam sie den Geschmack, der sie für Generationen so unwiderstehlich gemacht hat.
Es gibt nicht nur eine Geschichte des Getränks, es gibt auch eine Geschichte der Gefäße, aus denen das Getränk genossen wurde. In der Mitte des 19. Jahrhunderts trank man die Weiße noch aus Stangengläsern, die einen Deckel hatten. Dann kamen jene Weißbierwannen auf, die keinen Deckel hatten und mit beiden Händen zum Munde geführt werden mußten. Darin konnten $^2/_3$ Liter untergebracht werden. Diese Gläser waren nicht sehr bequem, und es konnte nur eine Frage der Zeit sein, wann man sie im wahren Wortsinne abservieren würde. Ihre Nachfolge traten die großen Weißbierkelche an. Aus ihnen hat die Generation unserer Väter und Großväter Weiße getrunken. Neuerdings trinkt man aus kleineren Gläsern (obwohl man die alten Gefäße noch häufig in Kneipen antrifft); die kleineren Gefäße haben den Vorteil, daß in ihnen das edle Getränk nicht so schnell schal wird.

In der Biedermeier-Zeit gab es einen liebenswerten Versemacher mit Namen Stolz. Er besang das Frühlings- und Sommergetränk und verstieg sich sogar zu einer Attacke gegen ein viel edleres Getränk, nämlich gegen den Wein. Er dichtete:

Wär ich gar ein Hochgestellter
und ich redte auch mit drein,
oder ein Reportefeuillter.
Ach, wie würd' ich pfiffig sein.

Speckeierkuchen mit Salat

Je Person: 50 g Mehl; 1 Ei; 1 Eiweiß; 1/10 l Milch; 1 Prise Salz; 75 g durchwachsenen Speck; 1 Zwiebel; 1 Teelöffel Schnittlauch. Backzeit: 8—10 Minuten.

Das Mehl mit dem Salz, dem Ei, Eiweiß und der Milch kurz anrühren. Kurzes Anrühren besonders beachten, da die Masse sonst zäh wird, auch nicht zu dick halten. Um den Eierkuchen noch leichter zu machen, nach kurzem Ruhen des Teiges, das Eiweiß schlagen und unterziehen, oder 20 g zerlassene Butter untermengen.
Den Speck in Würfel schneiden, in der Pfanne auslassen, die Zwiebel hacken und hinzugeben, leicht anrösten. Den Schnittlauch unter den Eierkuchenteig geben, über den Speck gießen und die Masse gleichmäßig in der Pfanne verteilen. Auf dem Herd leicht Farbe nehmen lassen, den Eierkuchen umdrehen, in der Ofenröhre fertig backen und auf einer runden Platte auf einem umgestülpten Mittelteller anrichten. Sofort zu Tisch geben und dazu einen grünen Salat reichen.

Ich würd' ein Gebot erlassen,
keiner tränke mir mehr Wein.
Ganz Berlin mit Platz und Straßen
müßt 'ne Weißbierkneipe sein.

Diese Verse des Herrn Stolz, vermutlich zusammen mit einer Weiße, sollen übrigens die Lebensgeister Albert Lortzings so angeregt haben, daß er sie in Musik setzte.

Als das Geburtsjahr des öffentlichen Kaffeetrinkens kann das Jahr 1557 gelten. Damals soll in Konstantinopel, dem heutigen Istanbul, das erste Kaffeehaus gegründet worden sein. In einer Zeit, die keine Massenmedien kannte, blieb der Ruhm dieser Labestätte auf diese Stadt des ersten Kaffeehauses lange beschränkt. Anfang der 80er Jahre des 16. Jahrhunderts machte ein Mann namens Rauwolf von sich reden, Arzt und Forscher seines Zeichens. Er hat auch den Kaffee als Delikatesse des Orients erwähnt. Nachdem Kaffeebohnen Importartikel geworden waren — nach dem ersten Viertel des 17. Jahrhunderts — wurde der Kaffeegenuß auch eine europäische Angelegenheit. In der Mitte des 17. Jahrhunderts entstanden in Venedig und London die ersten Kaffeehäuser. Berlin hatte seltsamerweise keine Eile, es diesen Städten gleichzutun. Erst 1721 wurde, am Lustgarten, das erste Kaffeehaus Berlins eröffnet. Der dunkelhäutige Cafétier war von weither zugewandert; er trug den Namen Olivier.
Er scheint es nicht leicht gehabt zu haben, wie auch alle seine Nachfolger in jenen Jahren und Jahrzehnten. Die deutschen Fürsten waren erklärte Gegner der Einfuhr

Lang, lang ist's her: Berliner Idyll aus vergangenen Tagen; auch die Preise waren noch idyllisch.

Als es in Berlin noch Pferdedroschken gab: Der Kutscher zischt zwischen zwei Fahrten eine «Weiße mit».

Falscher Hase
mit Sahnesauce, Rotkohl und Kartoffeln

250 g schieres Rindfleisch; 250 g schieres, nicht zu fettes Schweinefleisch; 1 eingeweichte und ausgedrückte Schrippe; 1 große, gehackte Zwiebel; 1 Ei; Salz, Pfeffer, geriebene Muskatnuß; 100 g fetter Speck in lange, dicke Streifen geschnitten; 50 g Schmalz; 1 Tassenkopf saure Sahne; etwas Wasser.
Bratzeit: 30 Minuten.

Das Fleisch durch die feinste Scheibe des Fleischwolfs treiben und mit der, in etwas Schmalz angeschwitzten Zwiebel, der Schrippe, dem Ei sowie dem notwendigen Salz und Pfeffer sowie einer Prise geriebener Muskatnuß gut durcharbeiten. Von dieser Masse mit der angefeuchteten Hand einen länglichen Laib formen, mit einem kleinen Messer einige Einstiche machen und die Speckstreifen gleichmäßig einziehen. Den Laib noch etwas nachformen. In einer passenden Pfanne Schmalz heiß werden lassen, das Fleisch hineinlegen und bei mittlerer Hitze und mehrfachem Begießen braun, aber recht saftig braten.
Nach dem Herausnehmen das Fett aus der Pfanne abgießen, den Bratsatz mit ungefähr ½ Tassenkopf Wasser ablöschen, die Sahne hinzugießen, durchkochen, abschmecken und durchseien. Man kann diese Sauce mit etwas Fleischextrakt verfeinern.
Einen Teil der Sauce über das angerichtete Fleisch geben und den Rest sowie Rotkohl und Salzkartoffeln nebenher reichen.

von narkotischen Getränken wie Tee und Kaffee, — sie waren auch gegen andere Importgüter eingenommen, aber Tee und Kaffee stießen bei ihnen auf besondere Abneigung.

Inzwischen war allerdings insbesondere der Appetit auf Kaffee so gereizt worden, daß behördliche Anordnungen, die den Bürgern den Geschmack an diesem Getränk verleiden sollten, auf die Dauer kaum Aussicht auf Erfolg haben konnten. Man mühte sich behördlicherseits, den Leuten Zichorie, Kartoffelkaffee oder ein kaffeeähnliches Erzeugnis aus Roggen einzureden.

Eberhard Buchner hat vor Jahrzehnten *für* die Vossische Zeitung *aus* der Vossischen Zeitung des 18. Jahrhunderts allerlei Kuriosa zusammengestellt. Danach machte die Behörde einmal bekannt: «Ein Pfund gemahlter Preußischer Caffé ist von der Güte und Kraft, als 3 Pfund gemahlter ausländischer Caffé, oder als 3¾ Pfund rohe Caffébohnen.»

In der Ausgabe Nr. 148 des Jahrgangs 1780 der Vossischen Zeitung ist diese erstaunliche «Verordnung» in Sachen Kaffee zu lesen:

«Eure Väter, deutsche Männer, tranken Branntwein und wurden bey Bier, wie Friedrich der Große, auferzogen, waren fröhlich und guten Muths. Dieß wollen wir auch; ihr sollet den reichen Halbbrüdern deutscher Nation Holz und Wein, aber kein Geld mehr für Kaffee schikken; alle Töpfe, vornehme Tassen und gemeine Schälchen, Mühlen, Brennmaschinen, kurz alles, zu welchem das Beywort Kaffee zugesetzt werden kann, soll zerstört und zertrümmert werden, damit dessen Andenken unter unsern Mitgenossen zernichtet sey. Wer sich unter-

Königsberger Klopse

250 g schieres Rindfleisch; 250 g schieres, mageres Schweinefleisch; 1 eingeweichte und ausgedrückte Schrippe; 1 mittelgroße, gehackte Zwiebel; 1 knapper Eßlöffel Butter; 3 gewässerte Sardellen. Zur Sauce: 2 Eßlöffel Butter; 1 gehäufter Eßlöffel Mehl; 1/10 l Weißwein; 1 Löffel Mostrich; 2 gewässerte, gehackte Sardellen; Saft 1/2 Zitrone; 2 Eßlöffel Kapern. Kochzeit der Klopse: 20—30 Minuten.

Das durch die nicht zu feine Scheibe der Fleischmaschine gedrehte Fleisch mit der zuvor in Butter angeschwitzten Zwiebel, der Schrippe, den feingehackten Sardellen, einer Prise Pfeffer und 1 Eßlöffel Wasser gut durcharbeiten. Vorsicht mit Salz, da die Sardellen trotz des Wässerns salzig sind. Von der Masse 8—10 runde Kugeln formen. Von der Butter und dem Mehl eine helle Mehlschwitze bereiten, mit dem Weißwein und knapp 1 l Wasser oder Bouillon aufgießen, gut verrühren und eine glatte Sauce kochen. Die Sardellen hinzugeben, die Klopse hineinlegen, und langsam, zugedeckt, garziehen lassen; sie müssen mit der Sauce ganz bedeckt sein, dürfen innen auch nicht mehr rot sein. Zuletzt die Klopse herausnehmen, die Sauce zur notwendigen Dicke einkochen, eventuell mit einem Eigelb abziehen, mit Zitronensaft würzen, abschmecken, die Kapern hinzugeben und über die Klopse gießen. Dazu Salzkartoffeln servieren.

steht, Bohnen zu verkaufen, dem wird der ganze Vorrath confiscirt, und wer sich wieder Saufgeschirre dazu anschaft, kömmt in Karren.»

Auch Friedrich der Große, so viel Liberalität ihm in manchen Dingen nachgesagt wird, war in Sachen Kaffee keineswegs liberal. Eberhard Buchner berichtet von einem Brief, den der damals 67jährige Monarch Anno 1779 dem Magistrat von Halberstadt zugehen ließ. Darin heißt es am Schluß: «Übrigens sind Se. Maj. höchstselbst in Deren Jugend mit Biersuppe erzogen, mithin können die Leute dorten eben so gut mit Biersuppe erzogen werden. Das ist weit gesunder wie der Caffee.»

Friedrich, wie man weiß, liebte es, den Berliner Zeitungen Beiträge zugehen zu lassen. Nicht nur die Tatsache, daß sie gleichlautend in beiden Berliner Blättern, der Vossischen und der Spenerschen Zeitung, erschienen, machte den Lesern deutlich, daß die Einschaltungen aus des Monarchen Feder stammten: Man wußte eben, in welchem Zimmer die Artikel verfaßt wurden. In der Nr. 52 der Vossischen Zeitung des Jahrgangs 1768 ist zu lesen:

«Auszug eines Schreibens aus einer benachbarten Stadt, den deutschen Caffee betreffend.

Von angesehenen hübschen Leuten wüßte ich hier fast keinen, der nicht Rockencaffee tränke. Aber das gemeine Volk, der Pöbel, die sind dagegen, und ich sehe noch nicht ab, wie man diese auf andere Gedanken bringen soll. Sie sind nicht fähig, Gründe einzusehen und an-

Rinderbrust mit Bouillonkartoffeln und roten Rüben

1—1,2 kg Rinderbrust mit Knochen; 1 Mohrrübe; 1/2 Staude Porree; 1/4 Sellerieknolle; 1 kleine Petersilienwurzel; 800 g geschälte Kartoffeln; 1 Eßlöffel gehackte Petersilie. Kochzeit der Rinderbrust: 2—2 1/2 Stunden.

Die Knochen vom Schlachter gleich auslösen lassen, das Fleisch mit einem Faden zusammenbinden. Die gewaschenen Knochen in kaltem Wasser ansetzen, nach dem Aufkochen abschäumen, salzen und 1 Stunde kochen lassen. Die Rinderbrust und das Wurzelwerk hinzugeben und alles zusammen weichkochen. Das Wurzelwerk, das eher gar ist, vorher herausnehmen. Die in nicht zu große Würfel geschnittenen Kartoffeln in kaltem Wasser ansetzen, nur aufkochen, abgießen, mit Bouillon von der Rinderbrust bedecken und mit dem feingehackten Wurzelwerk garkochen, wobei der Berliner es liebt, wenn die Kartoffeln etwas suppig und sämig sind. Zuletzt kommt die gehackte Petersilie, noch fehlendes Salz und Pfeffer hinzu. Die gargekochte Rinderbrust in nicht zu dünne Scheiben schneiden und mit einigen Löffeln der Kochbrühe übergossen anrichten. Dazu serviert man die Bouillonkartoffeln und eingelegte rote Rüben. Sehr beliebt sind dazu noch süßsauer eingelegter Kürbis, sauer eingelegte Perlzwiebeln und Preiselbeeren.

Rinderrouladen mit Kartoffelmus und Senfgurke

4 Rouladen von je 180 g; 1 große, gehackte Zwiebel; 4 dicke Streifen fetter Speck; 4 dicke Streifen Salzgurke; 1 Eßlöffel Senf; 1 Eßlöffel Butter; 2 Eßlöffel Fett; Kartoffelmehl; Senfgurken. Schmorzeit: 2 Stunden.

Die gehackten Zwiebeln in der Butter hell anschwitzen. Die Rouladen klopfen, mit Senf dünn bestreichen, mit den zunehmen; auch liest nicht leicht einer von ihnen die Aufsätze, so dawider gedruckt werden. Indessen sehe ich für das Beste an, wenn die Vornehmen bey dem, was sie angefangen haben, bleiben; ihr beharrliches Beyspiel wird endlich doch eine Nachfolge der Geringeren nach sich ziehen, wenn es auch erst nach einiger Zeit geschehen sollte. Hiernächst müssen Sie noch einige Zeit fortfahren, in Ihren Blättern, die wenigstens den Handwerkern in die Hände kommen, gegen den ausländischen Caffee zu eifern. Wenn diese, welche jetzo auch noch nicht recht daran wollen, nur erst gewonnen sind, so werden Taglöhner und Bettelvolk doch endlich auch nachfolgen müssen.»

Der feuilletonisierende königliche Kaffee-«Aggressor» stritt ohne Erfolg gegen die Genußmenschen, als die er hier — immerhin eine kleine ironische Besonderheit — ausgerechnet die anprangerte, die auf der Schattenseite des Daseins standen und wohl kaum die Mittel haben aufbringen können, um sich so an teurem Kaffee zu delektieren, wie es der «Einsender» hier beschrieb...

Erholen wir uns vom Fritzischen «Rockencaffee» und wenden wir uns dem Bockbier und dem damit verbundenen Trubel zu. Die Bockbier-Feste haben eine Portion bayrischer Folklore nach Berlin gebracht:

Nicht lange nach Neujahr rüstet man sich in der Hasenheide, in der «Neuen Welt», ebenso wie in der Potsdamer Straße, im Sportpalast, zum Bockbier-Trubel. Diese Bockbier-Seligkeit hat eine lange Tradition. Sie ist bis in die frühe Biedermeier-Zeit zurückzuverfolgen. Auf Bilddarstellungen aus den dreißiger Jahren des

Zwiebeln bestreuen und in jede Roulade einen Speck- und Salzgurkenstreifen geben. Zusammenrollen, mit Bindfaden zusammenbinden oder mit einem Rouladenhalter befestigen und in einer passenden Kasserolle in heißem Fett auf allen Seiten braun anbraten. Das Fett aus der Kasserolle abgießen, bis zur halben Höhe mit Bouillon oder Wasser angießen und, zugedeckt, nach Möglichkeit im Ofen schmoren. Dann und wann etwas Flüssigkeit nachgießen, doch soll der Fond sehr kurz sein. Die Sauce mit angerührtem Kartoffelmehl oder Schwitzmehl binden, man verkocht sie auch gerne mit saurer Sahne. Die von den Fäden befreiten Rouladen anrichten, mit der Sauce übergießen und dazu Kartoffelmus oder Quetschkartoffeln und Senfgurken servieren.

Hoppel-Poppel

600 g Kartoffeln; 300 g gekochte oder gebratene Fleischreste; 1 große gehackte Zwiebel; 6—8 Eier; 60 g Butter.

Die Kartoffeln in der Schale kochen, pellen und in Scheiben schneiden; meistens nimmt man hierzu übriggebliebene Kartoffeln. In einer Pfanne in Butter braten, leicht salzen und pfeffern. Das Fleisch in kleine Würfel schneiden und zusammen mit der Zwiebel in einer anderen Pfanne goldgelb anrösten. Zusammen mit den Kartoffeln gut durchschwenken und mit den geschlagenen, mit Salz und Pfeffer gewürzten Eiern übergießen und wie ein Omelett fertigmachen. Dazu reicht man meistens einen grünen Salat.

vorigen Jahrhunderts findet man das Bockshaupt als Fahnentuchzierde und die Maßkrüge mit Deckel, aus denen der kräftige Saft getrunken wurde. Ein Kenner des Berliner Lebens, ein Polyhistor in Sachen der Berliner Volksbräuche, Dr. Franz Lederer, hat einmal ein Buch unter dem Titel «Jottlieb — drach 'n Jarten raus!» geschrieben. Darin erzählt er, daß auch bockbierselige *Poeten* unter den «Neue Welt»-Besuchern in der Hasenheide waren. Einer hatte der Kunst des Versemachens im Bockbier-Trubel obgelegen und schrieb diese Reime an eine Wand:

«Guter Mond, wenn ich dich seh',
Machst du mir große Plage.
Du bist im Jahr zwölfmal voll,
Und ich bin's alle Tage.
Sauf, daß dir die Nase glüht
Hell wie ein Karfunkel,
Daß du eine Leuchte bist
In des Daseins Dunkel!»

*

Das 19. Jahrhundert scheint, will man gedruckten Überlieferungen glauben, mehr noch als unsere Zeit, in der Ernährungsvernunft und Diätglauben eine viel größere Rolle spielen, eine Epoche üppigen Tafelns gewesen zu sein. Es gibt da z. B. die Schilderung eines Mittagsmahles bei Bismarcks, — ob in Berlin oder in Friedrichsruh war nicht auszumachen. Der Chronist Emil Witte legte seine Schilderung Bismarcks Koch in den Mund, der dabei war, ein Menü für 22 Personen zusammenzustellen. Es begann mit einer Ochsenschwanzsuppe, ging weiter

Berliner Kalbsfrikassee

1,2 kg Kalbsbrust; 1 Mohrrübe; 1 Zwiebel; 1 kleines Stück Sellerieknolle; 6 Pfefferkörner; 1 kleine Kalbsmilch; 1/2 kleiner Blumenkohl; 200 g Morcheln; 2 Eßlöffel Butter; 1 großer Eßlöffel Mehl; 2 Eigelb; 1/4 Tasse Sahne; 1 kleines Glas Weißwein; 1/2 Zitrone; Spargelstücke; 2 Eßlöffel Kapern. Kochzeit: 1 1/4—1 1/2 Stunden.

Die Brust von den Knochen befreien oder gleich vom Schlächter auslösen lassen. In Stücke von 50—60 g schneiden, in heißem Wasser ansetzen, nach dem Aufkochen abschäumen, das Wurzelwerk und die Pfefferkörner hinzugeben, leicht salzen und langsam garkochen. Die Kalbsmilch wässern, überbrühen, und für sich dünsten. Die Morcheln, den Blumenkohl, in Röschen geteilt, auch einige Spargelstücke, für sich abkochen oder dünsten, abgießen und bereit halten. Sobald das Fleisch gar ist, von der Butter und dem Mehl eine helle Schwitze bereiten, den größten Teil der passierten Brühe hinzugießen, gut verrühren, und unter Zusatz des Weißweins und der dünn abgeschnittenen Zitronenschale zu einer schmackhaften Sauce verkochen. Die Sauce abseits der Hitze mit dem mit der Sahne verquirlten Eigelb binden und mit Zitronensaft abschmecken. Das abgetropfte Fleisch in einer tiefen Schüssel anrichten und mit der in Scheiben geschnittenen Kalbsmilch belegen. Darüber die Morcheln, den Spargel und die Blumenkohlröschen geben, reichlich mit Sauce übergießen und mit Kapern bestreuen.
Man kann die Kalbsmilch und die Gemüse fortlassen, dann ist das Frikassee aber nicht mehr nach alter Berliner Art.

mit Forelle blau und setzte sich fort mit Rinderpökelbrust, natürlich nicht ohne Erbspüree und Sauerkohl. Das wäre ja nun schon magenfüllend gewesen, — doch der Koch gab noch nicht nach: Gänsebraten mit Gurkensalat und Kompott stand noch auf der Speisekarte, die er zu entwerfen hatte, danach Bismarcks Leibspeise Apfelsineneis. Butter, Käse, Radieschen und Käsestangen sollten das Mahl beschließen.

Es ist nicht überliefert, ob nach dem Genuß dieses Mahles noch etwa ein politisches Gespräch sich entwickeln konnte, — wahrscheinlich ist es nicht. Politische Entscheidungen von großer Tragweite hätten nach einem solchen «übertischten Mahle» wohl auch kaum getroffen werden können. Es ist anzunehmen, daß Bismarck in dieser Beziehung dem gleichen Grundsatz verschworen war, der für die meisten Schauspieler ehernes Gesetz ist: Ein sehr bekannter Berliner Mime sagte dem Verfasser einmal, er begebe sich «nie mit vollem Magen in die Schlacht»: Schauspieler tafeln erst nach der Vorstellung, dann aber mit um so größerem Behagen.

Kalbsleber auf Berliner Art

600 g Kalbsleber; 12 Apfelscheiben von 1 cm Dicke; 3 große, halbierte, in Scheiben geschnittene Zwiebeln; 75 g Butter; Mehl. Bratzeit: 5—6 Minuten.

Die von Haut und Sehnen befreite Leber in vier gleichmäßige Scheiben schneiden, leicht mehlen, auf beiden Seiten in Butter braten und erst nachträglich salzen. Die Apfelscheiben — die Äpfel geschält, das Kerngehäuse ausgestochen — braten, die Zwiebelscheiben in Butter goldgelb rösten. Die Leberscheiben anrichten, mit den Apfelscheiben belegen, die Zwiebelscheiben mit der Bratbutter darüber schütten und mit gehackter Petersilie bestreuen.

Lungenhaschee mit Setzei

1 Kalbslunge mit Herz; 1 Zwiebel; 1 Mohrrübe; 1 Petersilienwurzel; 8 Gewürzkörner. Zur Sauce: 1½ Eßlöffel Butter; 2 Eßlöffel Mehl; 1 feingehackte, mittelgroße Zwiebel; Essig. 4 Setzeier. Kochzeit der Lunge: 2 Stunden.

Lunge und Herz waschen, in Stücke schneiden, zum Kochen bringen, abschäumen, das Wurzelwerk und die Gewürze sowie etwas Salz hinzugeben und weichkochen. Von der Butter, der darin geschwitzten Zwiebel und dem Mehl eine helle Schwitze bereiten, mit ungefähr ¾ l der passierten Lungenbrühe aufgießen und eine sämige Sauce kochen. Nach dem Garwerden das Fleisch etwas abkühlen, gut abtropfen, hacken oder durch die Fleischmaschine treiben, mit der Sauce binden und mit Essig, Pfeffer und noch fehlendem Salz herzhaft abschmecken. Auf das angerichtete Haschee die Setzeier geben.

Die Eßgewohnheiten der Berühmten dieser Erde, ihre Leibspeisen, sagen manches über sie aus. Beispielsweise ist bekannt, daß Deutschlands letzter Kaiser ein Schnellesser war. So kam es, daß bei der Hoftafel der Letzte, dem aufgetragen wurde, meist das Nachsehen hatte, denn der Kaiser war längst fertig, der Gang wurde abgetragen, ohne daß der Hofmann, dem zuletzt serviert worden war, meist kaum noch in den Genuß dieses Ganges kam. Vielleicht ist diese Eßgewohnheit des Kaisers auch nur anekdotisch aufgebläht worden, damit Chronisten hinzufügen konnten, daß nach der Hoftafel sich regelmäßig das berühmte Restaurant von Habel Unter den Linden mit Gästen füllte, die vom Schloß kamen und nun nachholen wollten, was sie dort versäumt hatten.
Der Monarch war übrigens einer einfachen Kartoffelsuppe sehr zugetan, er ernannte sie zu seinem Lieblingsgericht. Sie wurde veredelt mit in Streifen geschnittener Rinderbrust.
Um in der hohen Politik des ausgehenden 19. Jahrhunderts noch kurz zu verweilen: Beim Reichstagspräsidenten Eduard von Simson (er präsidierte dem Hohen Hause bis 1873 und war später Präsident des Reichsgerichts) stand für die Tafel eine Hasenpastete hoch in Gunst.
Hochberühmt geworden, unter dem Zeichen eines berühmten Namens aus der politischen Welt, ist eine kulinarische Kostbarkeit, die ihrer Herkunft nach noch heute verkannt wird und ihres Namens wegen zu Irrtümern immer wieder Anlaß gibt:
Wir sprechen vom Schnitzel à la Holstein. Dieses üppige

Berliner Zwiebelfleisch

600—700 g schieres Hammelfleisch; 1 kg geschälte Zwiebeln; 1 Teelöffel Kümmel; 1 gehäufter Eßlöffel Mehl; Salz, Pfeffer. Kochzeit: 70—80 Minuten.

Das Fleisch in Stücke von ungefähr 50 g schneiden, die Zwiebeln halbieren und in Scheiben schneiden. Zwiebeln und Fleisch in einen Kochtopf geben, mit Wasser gut, aber nicht zu reichlich bedecken, nach dem Aufkochen abschäumen, den Kümmel hinzugeben, mit Salz und Pfeffer würzen und langsam weiter kochen, bis das Fleisch gar ist; es soll nicht zu suppig sein. Das Mehl mit wenig Wasser anrühren; die Brühe damit binden und noch einige Minuten durchkochen. Dazu werden meist Salzkartoffeln gegeben.

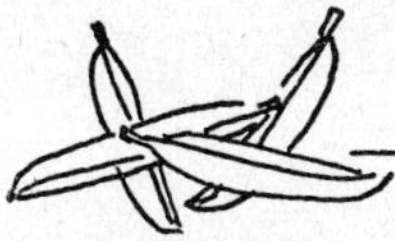

Hammelfleisch mit grünen Bohnen

750 g Hammelfleisch mit Knochen (Hals oder Schulter); $1^{1}/_{2}$ kg Brechbohnen; 1 kg geschälte, in grobe Würfel geschnittene Kartoffeln; 2 in Scheiben geschnittene Zwiebeln; 1 Bündelchen Bohnenkraut; 1 Eßlöffel gehackte Petersilie. Kochzeit: ungefähr $1^{1}/_{4}$ Stunde.

Das Fleisch in größeren Stücken brühartig mit den Zwiebelscheiben und etwas Salz ansetzen. Nach dem Aufkochen abschäumen und nach 20 Minuten Kochen die grünen Bohnen und das Bündelchen Bohnenkraut hinzugeben, das später wieder herausgenommen wird. Nach weiteren 30 Minuten, die Kartoffeln hinzugeben und alles garkochen, wobei die Kartoffeln etwas zerfallen sollen, um das Gericht sämig zu machen. Nach dem Garwerden, das Fleisch herausnehmen, vom Knochen lösen, in Scheiben schneiden und auf den mit Salz und Pfeffer abgeschmeckten Bohnen anrichten. Mit der gehackten Petersilie bestreuen.

Gericht hat nicht das geringste mit der norddeutschen Landschaft zu tun, aus der viele nahrhafte Dinge kommen: mit Holstein. Das Schnitzel à la Holstein geht vielmehr zurück auf den Geheimrat Fritz von Holstein, die sogenannte «Graue Eminenz» der Bismarck-Epoche und der nachbismarckischen Zeit.

Fritz von Holstein war eher eine puritanische Gestalt. Er repräsentierte nicht den Typus des Genießers. Aber er war dennoch ein Mann der Tafelfreuden. Diesen huldigte er im Restaurant von Borchardt in der Französischen Straße. Hier traf sich die politische Welt, und hier fanden sich auch Vertreter der Generalität, des Generalstabs ein. Erschien Holstein auf der Bildfläche, so war es nun nicht so, daß der Oberkellner sofort, ohne Anweisung, das vom Geheimrat entworfene, inzwischen

Bratwurst in Bier mit Kartoffelmus

4—6 feine Bratwürste; 1 grobgehackte Zwiebel; 1/2 Lorbeerblatt; je 6 Pfeffer- und Gewürzkörner; 1 Flasche Braunbier; 40 g Bratfett; 1 Teelöffel Kartoffelmehl oder Mondamin; etwas Mehl.

Die Bratwürste in kochendes Wasser legen, um sie steif zu machen, in kaltem Wasser abkühlen und mit einer Gabel einstechen, damit sie beim Braten nicht platzen. Abtrocknen, leicht mehlen, und in einem passenden Kochgeschirr braun anbraten. Die Zwiebeln hinzugeben, etwas anschwitzen, ein Viertel des Bieres hinzugießen und einkochen lassen, bis es sich am Boden des Geschirrs braun ansetzt. Den Rest des Bieres und eventuell noch etwas Bouillon hinzufügen, die Gewürze hineingeben und alles zusammen 10—15 Minuten langsam kochen lassen. Die Würste herausnehmen und anrichten, die Sauce mit angerührtem Kartoffelmehl binden, sämig kochen und darüber passieren. Dazu gibt man Kartoffelmus, oft auch noch Rotkohl.

Eisbein mit Sauerkohl und Erbsbrei

Je Person 500 g Eisbein; 2 Zwiebeln; 6 Gewürzkörner; 1 kleines Lorbeerblatt. Kochzeit: 1 1/2—2 Stunden.

Das Eisbein in kaltem Wasser, ohne Salz, mit den Gewürzen ansetzen und langsam weich, aber noch kernig kochen. Den Sauerkohl mit Zwiebelscheiben, einigen Gewürzkörnern und Schmalz kochen und mit roher, geriebener Kartoffel binden. Die zuvor eingeweichten, gelben Erbsen zu einem dicken Brei kochen und mit Salz und Pfeffer abschmecken. Das Eisbein mit etwas von der Kochbrühe anrichten und mit dem Sauerkohl und dem Erbsbrei garnieren. Der Erbsbrei ist mit einer Speckstippe, bestehend aus ausgebratenen Speck- und Zwiebelwürfeln, zu übergießen. Dazu sind noch Salzkartoffeln zu reichen.

berühmt gewordene Schnitzel notierte. Der im allgemeinen wortkarge Holstein mußte immerhin, wenn ihm danach war, mindestens «mein Schnitzel...» sagen. Dieses Schnitzel war auf seine Anweisung nach folgendem Rezept herzustellen: Ein ausgesuchtes Kalbsschnitzel, gebraten, wurde mit einem Setzei und Sardellen angereichert, dazu wurden grüne Bohnen und feine Champignons getan, dreieckige Weißbrotscheiben wurden hinzugefügt, Hummer, Lachs, Kaviar und Ölsardinen veredelten diese Weißbrotscheiben. (Dazu ergänzt berichtigend Walter Bickel: «Mit dem Schnitzel Holstein hat es wohl eine andere Bewandtnis. Wie mir von einem längst verstorbenen Küchenmeister von F. W. Borchardt erzählt wurde, verlangte der Geheimrat eines Tages seine Vorspeise gleichzeitig mit dem Hauptgericht, da er wenig Zeit habe. Daraufhin servierte man ihm ein Naturschnitzel, belegt mit einem Spiegelei und mit Kapern bestreut, dazu geröstete Croûtons belegt mit Kaviar, Räucherlachs, Sardinen und Sardellenfilets, außerdem wurde die Platte noch mit roten Rüben garniert.»)
Geringere kulinarische Poesie verbreitete das Kaldaunengericht, das rund 180 Jahre vorher eine Besonderheit an der Tafel des «Soldatenkönigs» war.
Zu Beginn unseres Jahrhunderts gab Robert Stutzenbacher ein Diner-Buch heraus, in dem ein Menü beschrieben wird, das für die Tafel Friedrichs des Großen zusammengestellt worden war. Es enthielt die im folgenden aufgeführten Gänge:

Soupe aux choux à la Fouqué
Du boeuf au panais et carottes

Hackepeter mit Schrippe

600 g gehacktes, etwas fettes Schweinefleisch; 1 große, feingehackte Zwiebel; 1 Salzgurke; Salz; Pfeffer.

Das Schweinefleisch wird meistens durch die feine Scheibe der Fleischmaschine gedreht. Mit der Zwiebel vermischen, mit Salz und Pfeffer kräftig würzen, anrichten und mit Salzgurkenscheiben garnieren. Dazu Schrippen geben. Man kann auch Schrippenhälften mit dem Hackepeter belegen und mit Gurkenscheiben garnieren.

In einigen Gegenden Berlins halten die Schlächter immer noch das fertig zubereitete Fleisch unter der Bezeichnung «Hackepeter, angemacht» vorrätig.

Kasseler Rippespeer mit Spinat

800—1000 g Kotelettstück; 1 grobgewürfelte Mohrrübe; 1 grobgewürfelte Zwiebel; 1 Lorbeerblatt; ca. $^1/_2$ l Fleischbrühe; 1 Löffel Kartoffelmehl. Bratzeit: 40—45 Minuten.

Das Fleisch mit etwas Wasser in die Pfanne geben und in den heißen Ofen stellen. Sobald das Wasser verdunstet ist, Mohrrübe, Zwiebel und Lorbeerblatt hinzugeben, aber nicht salzen. Die Hitze drosseln und das Fleisch mit dem Wurzelwerk langsam garwerden lassen. Das Fleisch herausnehmen, das Fett abgießen, den Bratsatz mit milder Fleischbrühe ablöschen, durchkochen, leicht mit Kartoffelmehl oder Maizena, mit etwas Wasser angerührt, binden und passieren.

Den gekochten, gut ausgedrückten Spinat durch die feine Scheibe des Fleischwolfs treiben, mit etwas Butter erhitzen, mit Béchamelsauce binden, mit Salz, Pfeffer und geriebener Muskatnuß würzen und etwas gehackte Sardelle unterziehen. Außer dem Spinat, gibt man meist auch Salzkartoffeln zum Kasseler.

Im übrigen stammt dieses Fleisch nicht aus der Stadt Kassel, es wurde im 19. Jahrhundert von einem Berliner Schlächtermeister namens Cassel zuerst hergestellt.

Des poulets en cannelons aux concombres farçis
Petits pâtés à la romaine
Gebratene junge Couleussen
Du Saumon à la Dessau
De filets de volaille à la Pompadour avec des langues de bœuf et des croquettes
Portugiesischer Kuchen
Grüne Erbsen
Frische Heringe
Saure Gurken

Auf der Menükarte hatte der Monarch den ersten und zweiten Gang durch ein Kreuz gekennzeichnet, — das bedeutete, daß er davon angetan war. Den dritten Gang hatte er gestrichen und dafür «De cotelettes dans du papier» bestellt. Durchgestrichen hatte er auch den Portugiesischen Kuchen und dafür «Des Gaufres» bestellt. «Du Saumon à la Dessau» hatte sein Lob gefunden, ebenso die grünen Erbsen und die frischen Heringe. Der König war also sehr wählerisch, bis zuletzt, — denn dieses Menü zierte die Hoftafel zwölf Tage vor seinem Tod...

Bei seiner Großmutter Auguste Wilhelmine Frédérique bekam Theodor Fontane Kalbfleisch mit Stachelbeeren nach einem von der alten Dame entworfenen Rezept, und beim Bankier von Mendelssohn aß man gern getrüffelten Schweinerücken.
Bei der berühmten Berliner Schauspielerin Rosa Bertens, die mit dem Feuilletonredakteur und zeitweiligen Paris-Korrespondenten des Berliner Tageblattes, Paul

Pökelkamm mit Sauerkohl

800—1000 g Pökelkamm; 1 mittelgroße Zwiebel; 1 Lorbeerblatt; 8 Gewürz- und 6 Pfefferkörner; 1 Zweig Thymian. 800 g Sauerkohl; 40 g Schweinefett; 1 große Zwiebel; 1 großer Apfel; 1 1/2 Tassen Brühe; 1 knapper Teelöffel Kümmel; 1 Teelöffel Zucker. Kochzeit für den Pökelkamm: 1 1/4—1 1/2 Stunden, Sauerkohl: 30—45 Minuten.

Den mildgepökelten Schweinekamm in kaltem Wasser ansetzen; ist er sehr salzig, muß er zuvor einige Stunden wässern. Zwiebel, Lorbeerblatt, Gewürz- und Pfefferkörner sowie den Thymian hinzugeben und langsam garkochen. Für den Sauerkohl die Zwiebeln in Scheiben schneiden, im Fett hellgelb anrösten, den ungewaschenen Sauerkohl hinzugeben, mit der Brühe oder Wasser aufgießen, den Kümmel und den Zucker hinzugeben, mit dem geschälten, entkernten und in Scheiben geschnittenen Apfel bedecken und den Kohl kurz und gut weich kochen; er soll saftig, aber nicht flüssig sein. Zur Bindung eine rohe, geriebene Kartoffel nehmen. Das Fleisch in Portionsstücke schneiden, auf dem Sauerkohl anrichten und etwas passierte Kochbrühe rundherum gießen.

Block, verheiratet war, gab es delikate Gurken im Schlafrock, und von da ist es nicht weit bis zu den Nachspeisen. Frau Robert von Siemens hielt es mit einer schlicht «Berliner Speise» genannten kleinen Kostbarkeit, die Frau Max Liebermanns tischte ihren Gästen ein exzellentes Kaffee-Parfait auf, die Oberhofmeisterin der Königin Luise wartete mit einem Brotpudding auf, der in die Geschichte der Nachspeisen eingegangen ist. Frau Barbara von Treskow hatte Halbgefrorenes von Sellerie zu einer gern genossenen Nachspeise entwickelt, und der Gattin des Verlegers Hermann Ullstein, Schwiegertochter des Verlagsgründers Leopold Ullstein, war eine sehr gerühmte Art Kürbis einzumachen geglückt.*) Das Rezept sei hier mitgeteilt: «Man nimmt gereiften Kürbis, schält ihn dick und schneidet aus dem Fleisch beliebige Formen, legt sie zwölf Stunden in Essig, nimmt sie heraus, läßt sie rein ablaufen. Nun kocht man den Essig mit etwas Zucker, mit Zitronenschale und ganzer Muskatenblume, tut den Kürbis hinein, kocht ihn, bis er durchsichtig wird, tut ihn in Gläser, läßt den Zucker noch einkochen und gibt ihn darüber.»

*) Vielleicht hat die Erinnerung an diese Köstlichkeit dazu beigetragen, ihren Sohn, Frederick Ullstein, der heute in London lebt, zu einem Poeten der Berliner Küche zu machen. Ihm nämlich verdankt der Verfasser die Kenntnis vieler der hier angeführten Besonderheiten aus der Geschichte der Berliner Küchenkunst. Ihm verdankt er auch die Erlaubnis, sie hier wiederzugeben.
Auf Frederick Ullsteins Anregung entstand 1959 unter dem Titel BERLINER KÜCHE ein nicht im Buchhandel erschienener Sonderdruck des Verlages Ullstein. Der vorliegende Band, der den Stoff jenes Buches in anderer Form und in anderer Gliederung behandelt, erscheint mit Erlaubnis der Axel Springer Verlag AG, zu der der Ullstein Verlag gehört. Der erwähnte Sonderdruck wurde vom Verfasser des vorliegenden Berichts zusammengestellt.

Gekochter Schweinebauch mit Mohrrüben

750 g magerer Schweinebauch; 1,5 kg geputzte Mohrrüben; 750 g gewürfelte Kartoffeln; $1^{1}/_{2}$ Eßlöffel Butter; 1 Eßlöffel Mehl; 1 Eßlöffel gehackte Petersilie. Kochzeit: ungefähr $1^{1}/_{2}$ Stunden.

Das Fleisch in reichlich Wasser ansetzen, leicht salzen, 30 Minuten kochen lassen und dann die in nicht zu dünne Scheiben geschnittenen Mohrrüben hinzugeben und alles zusammen garkochen. Die Kartoffeln in leichtem Salzwasser nebenbei kochen, abgießen und den Mohrrüben hinzufügen. Das Fleisch nach dem Garwerden herausnehmen, grob würfeln oder in Stücke schneiden und wieder zum Gemüse geben. Von der Butter und dem Mehl eine helle Mehlschwitze bereiten und das Gericht damit leicht binden. Den Geschmack prüfen und mit gehackter Petersilie bestreut anrichten.

Schweinekamm mit Schmorgurken

800—1000 g Schweinekamm; Bratfett; 800 g Schmorgurken; 1 Eßlöffel Butter; 2 große Zwiebeln; 75 g magerer Speck; 1 Eßlöffel Zucker; 1 Eßlöffel Mehl; 1 Eßlöffel Tomatenpüree; $^{3}/_{4}$ Tasse Bouillon; etwas Essig; 1 Teelöffel Kartoffelmehl. Bratzeit: 40—50 Minuten.

Den Schweinekamm salzen, pfeffern, in einem Topf auf allen Seiten anbraten, eine in Scheiben geschnittene Zwiebel hinzugeben, leicht mit anrösten, etwas Wasser angießen und das Fleisch garschmoren. Die Gurken schälen, der Länge nach durchschneiden, vierteln, entkernen, und die Viertel in Stücke von Zweifingerbreite schneiden. Den Speck würfeln, in der Butter anschwitzen, eine gewürfelte Zwiebel hinzugeben, gleichfalls anschwitzen, den Zucker

Wer Bescheidenheit als das Zeichen des Biedermeier, insbesondere des Berliner Biedermeier, anzusehen gewohnt ist, wird eines anderen belehrt, wenn er sich die üppige (den Preisen nach allerdings recht bürgerliche) Speisekarte des Königlichen Hoftraiteurs Jagor vornimmt, der um 1830 das Dorado der Berliner Gourmets war. Als Hors d'Oeuvres bot er seiner — meist noblen — Kundschaft u. a. zwölf Austern zum Preise von

dazu tun und alles hellgelb anrösten. Die Gurkenstücke beifügen, unter mehrfachem Durchschwenken alles zusammen 5 Minuten dünsten, dann mit dem Mehl bestäuben, das Tomatenpüree und die Bouillon hinzugeben, sodaß alles nur knapp bedeckt ist, leicht salzen und die Gurken in der Sauce garmachen. Sobald das Fleisch gar ist, herausnehmen, den Fond mit etwas angerührtem Kartoffelmehl binden, abschmecken und passieren. Das Fleisch in Scheiben schneiden, anrichten, leicht mit Sauce überziehen und mit den mit etwas Essig abgeschmeckten Schmorgurken garnieren. Man kann das Fleisch auch auf die Schmorgurken legen. Dazu gibt man Salzkartoffeln.

Stolzer Heinrich

4—6 Bratwürste; 40 g Butter; 1 Flasche Braunbier;
125 g geriebener Pfefferkuchen; Saft ½ Zitrone; Mehl.
Bratzeit: 10 Minuten.

Die Würste in kaltes Wasser legen, einmal aufkochen, um sie steif zu machen, in kaltem Wasser abkühlen und mit einer Gabel einstechen, damit sie beim Braten nicht platzen. Abtrocknen, leicht mehlen, und in der Butter schön braun braten. Aus der Pfanne nehmen, das Fett mit dem Braunbier verkochen und mit dem Pfefferkuchen binden. Ist die Sauce zu dick, etwas Bouillon, notfalls auch Wasser hinzugeben. Mit Salz, Pfeffer und Zitronensaft abschmekken, die Würste noch einmal in die Sauce geben und kurz durchkochen. Mit der Sauce bedeckt anrichten und dazu Quetschkartoffeln geben.

22 Silbergroschen an, zwei Kiebitzeier waren für 4 Silbergroschen zu haben, frischen Kaviar pries er zu 10 Silbergroschen an, Vinegrette von Lachs zu 6, kleine Pasteten zu 4 Silbergroschen. Als «Entrees» empfahl er Taubenfricassee zu 7 Silbergroschen, Froschkeulen à la Vienne zu 5. Glaciertes Spanferkel kostete 7 Silbergroschen. Man sieht auf den ersten Blick: Jagor — sein Domizil war Unter den Linden 23, nicht weit von der Friedrichstraße — bot eine opulente Karte, aber zu recht zivilen Preisen. So gab es für 6 Silbergroschen Karpfen blau mit Meerrettich, Krebse für 5 Silbergroschen, frischen Lachs in Essig und Öl für 8 Silbergroschen, und für 6 Silbergroschen konnte man sich an Aal grillé mit Remouladensauce gütlich tun. Eine junge Taube kostete 7, und für ein Viertel Wildente brauchte man nur 5 Silbergroschen locker zu machen.

Die Weinkarte war sehr reichhaltig. Man bot mehr als 50 Sorten an. Für Champagner mußte man pro Flasche nur zwei Taler anlegen. Der teuerste Wein war ein Tokayer; dafür mußte der Kavalier 3 und 1/2 Taler zahlen.

Natürlich war der Hoftraiteur der Mehrheit der Bevölkerung Berlins ein unerreichbares Paradies der feinen Küche, die dennoch Solidität als das Maß aller Dinge erkennen ließ.

Im *ausgehenden* 19. Jahrhundert war man nicht mehr so bescheiden und solid, das läßt immerhin schon der Blick auf nur eine Menükarte erkennen, die von einem Industriellen-Bankett der Gründerzeit erhalten geblieben ist. Da mußte schon die einleitende Kraftbrühe vom Sunda-Rind sein, mit Büffelmark. Dann gab es

Gänsebraten mit Äpfeln und Beifuß

8 Personen. 1 Gans von 3—3½ kg; 8 kleinere, etwas säuerliche Äpfel (Boskop); 8 Zweigchen Beifuß. Bratzeit: ungefähr 1 Stunde 45 Minuten.

Die sauber verputzte und gewaschene Gans innen salzen, mit Äpfeln und Beifuß füllen, zusammennähen und mit der Brust nach unten in die Pfanne legen. Die Äpfel, die nicht in die Gans hineingehen, später in die Pfanne legen und im Fett braten, aber nicht zerfallen lassen. Einige Löffel Wasser in die Pfanne gießen, die Gans im heißen Ofen anbraten, die Hitze drosseln, nach einiger Zeit die Brust nach oben drehen und langsam zu schöner Farbe braun und knusprig braten. Sobald die Gans gar ist, aus der Pfanne nehmen und das Bratfett abgießen. Etwas Mehl mit Wasser anrühren, in die Pfanne gießen, damit den Bratsatz gut losrühren, und soviel Wasser hinzugießen, wie für die Sauce erforderlich ist, durchkochen, abschmecken und passieren. Die zerlegte Gans mit den Äpfeln umlegen und dazu Salzkartoffeln und Rotkohl servieren. Das abgetropfte Fett oder wenigstens einen Teil davon gibt man zum Rotkohl. Etwas Sauce über die Gans gießen und den Rest nebenbei servieren.

Gänsepökelkeulen mit Teltower Rübchen

2 kleinere Gänsekeulen; 600 g geputzte Teltower Rübchen; 2 Eßlöffel Gänseschmalz; 1 Eßlöffel Zucker; 2 Eßlöffel Butter; 1 gehäufter Eßlöffel Mehl. Kochzeit: insgesamt etwa 70 Minuten.

Die Pökelkeulen waschen und in kaltem Wasser, ohne Salz, ansetzen und langsam 40 Minuten kochen. Das Gänseschmalz mit dem Zucker braun rösten, die Rübchen hinzugeben, kurz unter mehrfachem Durchschwenken schmurgeln lassen, dann zu den Pökelkeulen geben und

eine Zebuschwanzsuppe, der grönländischer Stachelrochen mit Lamabutter folgte. Der nächste Gang war australischer Kasuar, gedämpft, mit edlen Pilzen. Vom Nordkap hatte man Schalentiere herangeschafft und «nach amerikanischer Art» zubereiten lassen.
Das Bankett muß sich über viele Stunden hingezogen haben, denn es gab noch junge türkische Schwäne und Antilopenrücken. Bei norwegischen Walderdbeeren und Moossalat sowie chinesischen Bambussprößlingen konnte man sich von den schweren Tafelgenüssen etwas erholen. Auch eine «Samoabombe, auf bismarckische Art» komponiert, wird den Magen der Festgäste nicht so attackiert haben wie die Genüsse, denen man vorher ausgeliefert worden war. Endlich führten schwedische Meiereibutter und Käse die Banketteilnehmer wieder in weniger abenteuerliche kulinarische Bereiche zurück. Getrunken wurde während des ganzen Mahles in der Hauptsache ein Wein, der auf der Menükarte als «Feuriger stolzer Römer» figurierte.

Ein besonders inniges Verhältnis haben die Berliner zu gewissen Kuchensorten. Manche sind sogar in die Literatur eingegangen, wie z. B. jene Mürbekuchen aus Georg Hermanns Altberliner Roman «Jettchen Gebert». Auf diese Mürbekuchen war der gute alte Onkel Eli erpicht. Er sang ihr Loblied mit diesem Text: «Mürbekuchen kann man noch essen, wenn der Leichenwagen schon vor der Tür steht.» Vorher hatte sein Gesprächspartner noch mahnend gesagt «na, Herr Gebert, wenn die Ihnen nur bekommen werden.» «Und — wenn wirklich nicht», setzte der Alte bedächtig hinzu, «*schön* — es alles zusammen gardünsten. Von der Butter und dem Mehl eine hellbraune Schwitze bereiten, mit der Kochbrühe der Keulen auffüllen, kurz durchkochen und mit Salz und einer Prise Zucker abschmecken. Die Rübchen mit etwas Sauce binden und anrichten, die Pökelkeulen obenauf legen, mit dem Rest der Sauce übergießen und dazu Salzkartoffeln geben.

Gänseschwarzsauer

Das Klein von 2 Gänsen; 1 Mohrrübe; 1 Zwiebel;
1 Petersilienwurzel; 6 Pfefferkörner; 6 Gewürzkörner;
1/2 Lorbeerblatt; 500 g Backobst; 1 Eßlöffel Mehl.
Kochzeit: ungefähr 1 1/2 Stunden.

Beim Schlachten der Gans das Blut auffangen und mit etwas Essig verquirlen; notfalls sich beim Schlachter 1 Tasse Schweineblut besorgen und mit dem Essig vermischen. Es hält sich offen im Kühlschrank zwei bis drei Tage. Das Gänseklein mit dem Wurzelwerk und Gewürzen, gerade mit Wasser bedeckt, ansetzen, leicht salzen und langsam weichkochen. In einem anderen Geschirr das zuvor eingeweichte Backobst weich dünsten. Sobald das Gänseklein gar ist, das Fleisch von den Knochen lösen, alles in Stücke schneiden und das Fleisch und die passierte Brühe zum Backobst geben. Wenn alles kocht, das mit dem Mehl verquirlte Blut und eine starke Prise Zucker hinzugeben und alles zusammen einmal aufkochen lassen. Dazu gibt man üblicherweise kleinere Kartoffel- oder Semmelklößchen.

soll mir also *nicht* bekommen! Dann habe ich eben nochmal Kuchchen gegessen!»

In den zwanziger Jahren, gegen Ende dieses damals noch keineswegs «golden» genannten Jahrzehnts, trafen sich die Journalisten des Berliner Zeitungsviertels aus der Schützen-, Kronen-, Zimmer- und Kochstraße in der Baumkuchenkonditorei von Jaedicke. Bei manchen der Tagesschreiber, die hier aus ganz verschiedenen politischen Windrichtungen zusammenkamen und sich in der heute so selten gewordenen Tugend gefielen, «in Einigkeit miteinander uneinig zu sein», war es fast schon Ehrensache, den Baumkuchen zu bestellen, der die Konditorei in der Kochstraße, nahe der Friedrichstraße, populär gemacht hat.

Da kam denn auch das Gespräch schon einmal auf die Geschichte des Baumkuchens, und einer von uns wußte: Anno 1682 war zum erstenmal die Rede vom Baumkuchen. Damals lebte der Große Kurfürst noch, und sein Leibarzt, Johann Sigismund Elzholz, hatte in einer

Gänseweißsauer mit Bratkartoffeln

8 Personen. 1 Fleischgans von 3 kg; 1 Mohrrübe; 1 Zwiebel; 1 Stückchen Sellerieknolle; 1 kleines Lorbeerblatt; 6 Pfefferkörner; 8 Gewürzkörner; 2 Nelken; $^1/_8$ l Weinessig. Kochzeit: $1^1/_2$—2 Stunden.

Die sauber geputzte Gans mit Wasser bedeckt aufsetzen, nur leicht salzen und zum Kochen bringen. Abschäumen, den Essig, das Wurzelwerk und die Gewürze hinzugeben und langsam gar-, aber nicht zerkochen, und in der Brühe völlig erkalten lassen. Herausnehmen, die Gans in Stücke schneiden, wobei man sie ganz entknöcheln kann. Die Brühe völlig vom Fett befreien und passieren. Je Liter 12 g Gelatine einweichen, ausdrücken, und mit 1 Eiweiß vermischen, verschlagen, in die lauwarme Brühe geben und unter ständigem Schlagen mit dem Schneebesen — Achtung, brennt leicht an! — bis zum Kochen bringen. Einmal aufkochen lassen, zudecken und zur Seite stellen. Sobald das Eiweiß sich auf der Oberfläche zu einer festen Masse geformt hat, das Gelee sorgfältig durch ein Tuch gießen; es muß ganz klar sein. Die in Stücke geschnittene Gans in einer Glas- oder Kristallschale anrichten und das gut abgeschmeckte, erkaltete und gerade stockende Gelee darüber gießen, daß sie gänzlich bedeckt ist. In den Kühlschrank zum Festwerden stellen und dazu Bratkartoffeln servieren.

Broschüre sich auch über den Baumkuchen verbreitet. Damals scheint der Baumkuchen allerdings schon etwa 250 Jahre alt gewesen zu sein, ohne daß jemand vor jenem Dr. Elzholz ein Lied zu seinem Lobe angestimmt hätte. So sollte der Baumkuchen als Symbol der Fruchtbarkeit gelten.

Das Rezept für den Baumkuchen, bis vor die Zeit der Bauernkriege reichend, soll übrigens nicht ein Zuckerbäcker in die Welt gesetzt haben, — vielmehr soll es ein wandernder Kaminfeger gewesen sein, der bei einem Berliner Zuckerbäcker vorübergehend Quartier gefunden hatte. In barer Münze konnte er wohl nicht zahlen, dafür hinterließ er dem mildherzigen Bäcker das Rezept für den Baumkuchen. Er soll es irgendwo im Brandenburgischen aufgelesen haben. (Dieser eher romantischen Darstellung gegenüber stellt Walter Bickel fest: «Die älteste Form, die auf einen Bratspieß aus Holz in primitiver Form angefertigt wurde, kannte man im antiken Griechenland unter dem Namen ‹obelias› und war noch eine Art Brot. In der Heidelberger Handschrift ‹Pal Germ 351› aus der Mitte des 15. Jahrhunderts stehen zwei Rezepte von ‹essen eines kuchens am spiß›, und in einem italienischen Kochbuch aus dem Jahre 1521, das in Venedig erschien, zeigt das Titelbild das Backen eines solchen Kuchens. Bereits 1547 gibt Balthasaar Staindl aus Dillingen ein Rezept, das nur wenig von dem heutigen abweicht.»)

*

Als vor 82 Jahren das später berühmt gewordene «König's Kochbuch für die bürgerliche Küche» im Werden war, dachte die Herausgeberin darüber nach, wel-

Geschmorte Ente mit Teltower Rübchen

1 Fleischente von 2—2 1/2 kg; 1 Mohrrübe; 1 große Zwiebel; 2 Eßlöffel Butter; 1/4 l Fleischbrühe; etwas Kartoffelmehl, Schmorzeit: ungefähr 1 1/2 Stunden.
500 g Teltower Rübchen; 2 Eßlöffel Butter; 1 Eßlöffel Zucker; 1/4 l Fleischbrühe oder Wasser.
Kochzeit: 30 Minuten.

Die sauber vorbereitete Ente in einen passenden Schmortopf legen und an die Seiten die grob gewürfelte Mohrrübe und Zwiebel. Nach leichtem Salzen mit der heißen Butter übergießen und im heißen Ofen zu schöner Farbe anbraten. Mit der Fleischbrühe bis zur halben Höhe aufgießen, zudecken und langsam garschmoren. Nach dem Fertigwerden, herausnehmen, den Fond abfetten, kurz einkochen, mit etwas angerührtem Kartoffelmehl binden, durchkochen und passieren.
Die Rübchen sehr sorgfältig schaben und, wenn sie längere Zeit vor dem Kochen geschabt werden, mit Mehl bestreuen, damit sie nicht schwarz werden. Den Zucker mit der Butter hellbraun rösten, die gewaschenen und gut abgetropften Rübchen sofort hinzugeben, und unter mehrfachem Durchschwenken einige Minuten schmurgeln lassen. Mit der Fleischbrühe oder Wasser aufgießen, leicht mit Salz und Pfeffer würzen, und langsam garkochen, wobei die Flüssigkeit fast völlig verdunsten soll. Die zerlegte oder im ganzen angerichtete Ente mit der sehr kurzgehaltenen Sauce übergießen und mit den Teltower Rübchen garnieren. Man kann die Ente auch mit den Rübchen zusammen schmoren. Dann fallen Zwiebel und Mohrrübe fort und die Rübchen werden der Ente hinzugegeben, wenn sie halb gar ist. Das schmeckt aber nicht so gut und sieht auch nicht so gut aus, als wenn jeder Teil für sich geschmort wird.

ches Vorwort sie ihrem «Kochbuch für Anfängerinnen» schreiben sollte, welche allgemeinen Kochrichtlinien sie ihren Leserinnen und Rezeptbenutzerinnen zu präsentieren hatte. Bei diesen Überlegungen kam ihr — man schrieb den 26. April 1890 — die damals in Berlin viel gelesene liberale National-Zeitung in die Hand. (Aus diesem Blatt ist später das sehr populäre Acht-Uhr-Abendblatt hervorgegangen). Das erste Beiblatt der erwähnten Zeitungsausgabe enthielt einen Beitrag über Kochbücher. Die Kochbuch-Autorin — sie ist in der vergilbten und schon zerbröckelnden Ausgabe, die ich zur Hand habe, nicht mit Namen genannt — fand den Zeitungsbeitrag so gut, daß sie ihn kurzentschlossen anstelle eines Vorwortes ihrem Buch voransetzte. Zur Bekräftigung der Tatsache, daß gerade in Berlin in allen Bereichen des Lebens im Gegenwärtigen noch immer viel Vergangenheit enthalten ist, sei dieses 82 Jahre alte Feuilleton auch hierher gesetzt:

«Die Klingel zu dem Redaktionsbureau tönte diesmal leiser als sonst. Sie verriet eine zaghafte Frauenhand. In der That meldete der Redaktionsbote, daß eine Dame die Redaktion zu sprechen wünsche. Es war eine noch junge Dame; mit sich brachte sie ein Paket sauber eingeschlagener Bücher.

‹Sie wünschen?›

‹Ich möchte den Herrn Redakteur sprechen, der die Kritiken schreibt, die Bücherkritiken.›

‹Aha, eine Kollegin› so war der nächstliegende Gedanke, obwohl sie so ganz und gar nichts Blaustrumpfartiges an sich hatte.

Sauerkraut und Blutwurst, dazu Kartoffeln, in der Pfanne heißgemacht: ein herzhafter Schmaus.

Appetitanregende Bulettchen: auch mit Kohlrabi gefüllt können sie eine Magenwonne sein.

Berliner Hühnerfrikassee

Für 6 Personen. 1 Suppenhuhn von 2—2 1/2 kg; 1 Mohrrübe; 1 Zwiebel; 1 kleines Stückchen Sellerie; 6 Pfefferkörner; 2 Eßlöffel Mehl; 1 1/2 Eßlöffel Butter; 1 kleine Kalbsmilch, 1 kleine Kalbszunge; 1 kleines Stückchen Kuheuter; 150 g rohe, geputzte Champignons; 150 g geputzte Morcheln; 12 Spargelköpfe; 12 Krebsschwänzchen; 12 sehr kleine Grießklößchen; 6 mit Grießmasse gefüllte, gekochte Krebsnasen; 12 Blätterteighalbmonde; 1/10 l Weißwein; Schale und Saft 1/2 Zitrone; 1—2 Eigelb; 1/4 Tasse süße Sahne. Kochzeit des Huhnes je nach Alter 2—2 1/2 Stunden.

Das Suppenhuhn mit dem Wurzelwerk, den Pfefferkörnern und dem notwendigen Salz in reichlich Wasser ansetzen. Nach dem Aufkochen und Abschäumen die zuvor gewässerte Kalbszunge hinzugeben. Das Kuheuter, das mehrere Stunden Kochzeit braucht, tags zuvor weichkochen. Die Kalbsmilch wässern, enthäuten, mit etwas Brühe gardünsten und warmhalten, die Kalbszunge, sobald sie gar ist, abziehen und gleichfalls in Brühe warmhalten. Das Huhn, das weich sein muß, aber nicht zerfallen darf, nach dem Herausnehmen aus der Brühe, abziehen, zerteilen und dabei am besten gleich völlig entknöcheln und in etwas Brühe warmhalten. Von der Butter und dem Mehl eine weiße Mehlschwitze bereiten, die restliche, durchgeseihte Brühe unter ständigem Rühren mit einem Schneebesen hinzugeben und langsam 30 Minuten kochen. Die Champignons halbieren und mit einer Prise Salz, etwas Zitronensaft und 1 Eßlöffel Wasser im eigenen Saft dünsten, die halbierten Morcheln nur mit einer Prise Salz in Butter dünsten. Die Spargelköpfe in Salzwasser nicht zu weich kochen. Der Champignonsaft, der Morchelsaft, etwas von dem Spargelwasser, die Zitronenschale und den Weißwein in die Sauce geben und damit verkochen. Die fertige Sauce abseits des

Während der Ressortredakteur gerufen wurde, wikkelte sie das Paket aus und legte die darin enthaltenen Bücher neben sich. Es waren lauter Kochbücher.
‹Entschuldigen Sie bitte, Herr Doktor›, so begann sie, ‹daß ich Sie aufsuche. Aber ich habe neulich in Ihrer Zeitung eine Kritik über ein Buch von T. gelesen, und da habe ich den Muth bekommen, Sie zu bitten, mir auch zu helfen. Ich komme auch eigentlich nicht für mich allein, sondern im Auftrag meiner Freundinnen. Jede hat mir ihr Kochbuch mitgegeben, um Ihnen zu zeigen, daß wir recht haben mit unserer Beschwerde.›
‹Ihr Vertrauen ehrt mich im höchsten Grade› unterbrach sie der Kollege, ‹aber ich glaube, Sie sind doch an die falsche Adresse gekommen . . .›
‹Nein, nein, ich bin ganz recht hier›, nahm sie das Wort, ‹hören Sie nur, was ich will. Wir finden uns allesamt nicht zurecht. Über T. wurde neulich gesagt, daß er nicht Maß zu halten wisse und den Dingen nicht das ihnen zukommende Gewicht beilege, genau so geht es mit der deutschen Kochkunst.›
Und sie trug dann ihre Beschwerde detaillierter vor und schloß: ‹Geben Sie uns ein gutes Kochbuch und Sie haben ein gutes Essen.›»

«In der That sind die von ihr erhobenen Beschwerden berechtigt. Diese Kochbücher leiden fast sämtlich an dem Mangel, daß sie von der Voraussetzung ausgehen, der Mensch sei mindestens als ein halber Mark-Millionär auf die Welt gekommen und habe deshalb täglich mittags und abends ein Dutzend Tischgäste. Wollte man

Feuers mit der mit dem Eigelb verquirlten Sahne binden, mit Zitronensaft würzen, abschmecken und passieren.
Das Hühnerfleisch in einer tiefen Schüssel anrichten. Darüber gibt man die in Scheiben geschnittene Kalbszunge, Kuheuter und die Kalbsmilch, Morcheln, Champignons und Spargelköpfe. Alles wird reichlich mit der Sauce überzogen. Nun garniert man mit den angewärmten Krebsschwänzen, den Krebsnasen und den Klößchen, bestreut mit Kapern, beträufelt alles mit der Krebsbutter und legt die Blätterteighalbmonde im Kranz rundherum. Butterreis und den Rest der Sauce gibt man nebenbei. Natürlich kann man außerhalb der Saison Morcheln und Spargel als Konserve verwenden. Dieses sehr üppige Gericht ist auch ohne Kuheuter und Krebsnasen noch vollkommen.

Geschmorte Hasenkeulen mit Grünkohl und Sahnensauce

2 große Hasenkeulen; 2 Eßlöffel Butter; 1 kleine Mohrrübe; 1 mittelgroße Zwiebel; 6 Wacholderbeeren; $1^1/_2$ Tassen saure Sahne; $^1/_2$ Zitrone. $1^1/_2$ kg Grünkohl; 3 Eßlöffel Gänse- oder Schweineschmalz; 2 große Zwiebeln; $^1/_2$ l Bouillon; 1—$1^1/_2$ Eßlöffel Mehl. Schmorzeit der Keulen: ungefähr $1^1/_2$ Stunden;
Schmorzeit des Grünkohls: 2 Stunden.

Die Hasenkeulen von den Sehnen befreien, am Gelenk teilen, in Butter anbraten und auch die gewürfelten Mohrrüben und Zwiebeln mit anbraten. Leicht salzen, die Wacholderbeeren hinzufügen, mit Bouillon oder Wasser bis zur halben Höhe aufgießen und zugedeckt im Ofen langsam garschmoren. Nach dem Fertigwerden, die Keulen herausnehmen und warmhalten. Den Bratsatz mit der sauren Sahne sämig kochen, mit Zitronensaft würzen, abschmecken und passieren.
Den Grünkohl in Wasser 5 Minuten abwällen, ausdrücken,

die Speisen nach den vorgeschriebenen Rezepten an Maß und Gewicht der Zuthaten herstellen, so würde das liberalste Wirtschaftsgeld der Hausfrau in der ersten Woche des Monats schon verausgabt sein. Ein Kochbuch soll doch wie jedes andere Lehrbuch eine Anleitung zum Lernen enthalten. Nun mag sich der Verfasser oder die Verfasserin eines solchen Leitfadens selbst beantworten, wer eigentlich Veranlassung hat, ihre Rathschläge zu beherzigen. Unzweifelhaft die junge Hausfrau oder das junge Mädchen, das eine Hausfrau werden will. Das Nächstliegende also ist, daß man bei den Quantitäten, die in den Kochrezepten empfohlen werden, zugrunde legt, daß es sich um einen kleinen Haushalt handelt, daß man durchweg für drei Personen kocht: für ihn, sie und den Dienstboten.» (Daran sieht man, daß der Aufsatz über 80 Jahre alt ist, «Dienstboten», wie sie für den

durch die feine Scheibe der Fleischmaschine drehen oder im Mixer zerkleinern. Die Zwiebeln hacken, mit etwas Schmalz anschwitzen, zusammen mit dem Kohl in einen passenden Topf geben, salzen, pfeffern, das restliche Schmalz und die Bouillon hinzufügen, zudecken und im Ofen bei mäßiger Hitze schmoren. Kurz vor dem Garwerden, mit dem Mehl bestauben, gut vermischen und fertigschmoren. Gut abschmecken. Die Keulen mit der Sahnensauce anrichten und den Grünkohl und Salzkartoffeln dazu servieren.

Aal in Gelee

800—1000 g Aal; 1 Zwiebel; 1 kleines Lorbeerblatt; 8 Gewürzkörner; je Liter Brühe 8—10 Blatt Gelatine; Essig. Kochzeit: 15—20 Minuten.

Von dickeren Aalen die Haut abziehen, gut waschen und in Stücke von ungefähr 6 cm Länge schneiden. Mit leichtem Salzwasser bedeckt, zusammen mit den in Scheiben geschnittenen Zwiebeln, Lorbeerblatt, Gewürzkörnern und einem Schuß Essig, ansetzen und langsam garkochen. Nach dem Garwerden, den Aal aus der Brühe nehmen, die Brühe durch ein Sieb gießen, die zuvor eingeweichte und ausgedrückte Gelatine hinzugeben und sehr gut abfetten. Die angegebene Gelatinemenge ist ausreichend, da die Aalbrühe selbst gelatinös ist. Will man sie sehr klar haben, mit einem geschlagenen Eiweiß klären und durch ein Tuch seihen. Die Aalstücke in eine Glas- oder Kristallschale legen und mit dem kalten, gerade zu stocken beginnenden Gelee reichlich bedecken und zum Festwerden in den Kühlschrank stellen.

bürgerlichen Mittelstand vor acht Jahrzehnten offenbar obligatorisch waren, darf man heute mit der Lupe suchen ... Anmerkung des Verfassers dieses Beitrags aus dem Jahr 1972). «Es ist» (so fährt die National-Zeitung vom April 1890 fort) «eben der natürliche Lauf der Dinge, daß das Haus sich allmählich vergrößert, und ist es erst voll, wie die Verfasser der Kochbücher annehmen — das dürfen die, ohne sich gekränkt zu fühlen, glauben — dann ist die Hausfrau mittlerweile so in ihre Aufgabe hineingewachsen, daß sie das Kochbuch höchstens einmal als Nachschlagebuch konsultirt. Es ist unbegreiflich, warum die Kochbücher gleich damit anfangen: ‹Man nehme 2¾ Liter Milch, 18 Gelbeier, ein Pfund Zucker und drei bis vier Citronen.› Wo steckt da Sinn und Verstand darin, der jungen Frau zuzumuthen, in jedem Falle die hier angegebenen Anweisungen zu reduziren, anstatt den einfachen und verständigen Weg einzuschlagen: diese Rezepte gelten durchweg für drei Personen. Sind es sechs, dann verdoppelt man die Quantitäten. Ja, ich würde mir unter Umständen auch den umgekehrten Weg gefallen lassen, wenn es beispielsweise hieße: Diese Rezepte sind für eine Gesellschaft von 10 Personen, bei geringerer Zahl sind sie entsprechend zu reduziren. Aber nicht einmal das ist der Fall, und zweifellos Sachverständige auf diesem Gebiete versichern, daß die einzelnen Rezepte unter sich durchaus differiren, daß sie willkürlich bald für ein halbes Dutzend, bald für irgend eine andere Zahl von Personen aufgestellt sind. Und doch gehört das Kochbuch durchaus zu den nothwendigsten Ausstattungsstücken unserer Bräute.» Weiter heißt es dann in der Zeitung:

Heringsalat

500 g Salatkartoffeln; 2 große Salzheringe; 1 saure Gurke; 1 Pfeffergurke; 3 mürbe, säuerliche Äpfel; gekochte rote Rübe; 1 große, feingehackte Zwiebel; 1 Eßlöffel Mostrich; Weinessig; Öl; Salz; Pfeffer. Zum Garnieren: 2 hartgekochte Eier; 1 Eßlöffel Kapern; 1 Eßlöffel gehackte Petersilie.

Die gesäuberten Heringe über Nacht wässern. Die Kartoffeln in der Schale nicht zu weich kochen, pellen und in kleine Würfel schneiden. Die Heringe von Haut und Gräten befreien, die Äpfel schälen und das Kerngehäuse ausschneiden. Heringe, Äpfel, Gurken und rote Rübe gleichfalls in kleine Würfel schneiden und alles zusammen mischen. Die gehackte Zwiebel hinzugeben, mit wenig Salz, Pfeffer, Weinessig und reichlich Öl würzen und mit einigen Löffeln heißer Brühe, notfalls heißem Wasser, durchschwenken und pikant abschmecken. Wenigstens 2 Stunden durchziehen lassen und abermals auf den Geschmack hin prüfen. In einer Salatschüssel kuppelförmig anrichten und mit gehacktem Eiweiß, Eigelb und Petersilie, eventuell auch gehackter roter Rübe garnieren. Man kann anstelle des Öles auch mit Sahne verrührte Heringsmilcher nehmen.

«In der Pferdebahn saß mir gegenüber jüngst ein hübsches, freundliches Mädchen. Eine hinzugekommene Dame begrüßte sie. ‹Sie suchen schon Wohnung? Wann heiraten Sie?› ‹Im October.› ‹Nehmen Sie noch Ihre Malstunden?› ‹Nein, das habe ich aufgegeben, ich lerne jetzt ein bißchen kochen. Man muß doch davon auch eine Idee haben.›
Ich kann mir die junge, im Kochen unerfahrene Frau vorstellen, wie sie, das Kochbuch in der Hand, sich vergeblich abmartert, herauszubekommen, wieviel sie einkaufen und kochen muß, um eine genügende und doch nicht zu reichliche Mahlzeit herzurichten. — Daß viele junge Damen nicht mit ausreichender Kenntniß der Küche in ihren eigenen Hausstand gehen, ist unbestritten. Da sollten in der That ihnen Hilfsmittel in die Hand gegeben werden, die ihnen das Lernen nicht unnöthig erschweren. — Hoffentlich ist die Dame, welche ihre Wünsche uns vorgetragen, nun befriedigt. Und hoffentlich ist ihr Gatte schon zum nächsten Weihnachtsfeste in der Lage, ihr ein Buch zu schenken, das allen ihren Wünschen entspricht.»

So schrieb es die National-Zeitung den jungen Berlinerinnen von damals (die bis auf wenige Ausnahmen heute nur noch auf vergilbten Photographien in manchem noch erhaltenen Familienalbum anzutreffen sein werden) sozusagen als Lebenshilfe für eine Zukunft, in die die jungen heiratsfähigen Mädchen von damals ja nicht so selbstbewußt sahen wie ihre Enkelinnen, Urenkelinnen, Ururenkelinnen, die heute am Zuge sind. Dennoch wird auch die selbstbewußte Mädchengenera-

Rollmops mit Stulle

4—6 Salzheringe; 2 Essiggurken; 3—4 gehackte Schalotten; Mostrich; 2 Zitronen; 1 Eßlöffel Senfkörner; 1 Eßlöffel Pfefferkörner; einige Heringsmilcher; $^{3}/_{4}$ l Weinessig; 2 kleinere Zwiebeln.

Die Heringe wenigstens 12 Stunden in Wasser und Milch wässern, abziehen, Schwanz, Kopf und Flossen abschneiden, den Fisch der Länge nach in zwei Hälften spalten und sämtliche Gräten entfernen. Die Innenseiten dünn mit Mostrich bestreichen, mit gehackten Schalotten bestreuen, ein Stückchen Gurke einlegen, zusammenrollen und mit einem kleinen Holzstift das Ende befestigen. In einen irdenen Topf legen, die Senfkörner, Pfefferkörner, Lorbeerblatt, Zitronenscheiben und in Ringe geschnittene Zwiebeln darüber geben. Die geschabten Heringsmilcher mit sehr leichtem Weinessig verquirlen — wenn er zu stark ist mit Wasser leicht verdünnen — und über die Rollmöpse gießen, damit sie bedeckt sind. Wenigstens 4—5 Tage durchziehen lassen und dazu Stullen geben.
Man kann sie auch abgetropft mit Mayonnaise oder mit Remouladensauce zu Tisch geben.

Sülzkotelett mit Bratkartoffeln

1 Stück Schweinekarree mit 4 Rippen, der Rückgratknochen abgehackt; 2 Kalbsfüße; 1 Mohrrübe; 2 kleinere Zwiebeln; 1 Lorbeerblatt; je 6 Gewürz- und Pfefferkörner; 2 Nelken; 2 hartgekochte Eier; 2—3 Pfeffergürkchen; einige Kapern; einige abgebrühte Estragonblätter; 2 Eiweiß; $^{1}/_{4}$ l Essig. Kochzeit des Karrees: ungefähr $1^{1}/_{2}$ Stunden.

Die Kalbsfüße gut waschen, der Länge nach spalten, 10 Minuten abbrühen, mit Wasser, dem Wurzelwerk und den tion unserer Tage einer solchen Lebenshilfe manchmal bedürfen. Denn, so zitiert es die Herausgeberin jenes Kochbuchs aus dem Jahre 1890: «Aus dem Kochherd zieht die Menschheit ihre Kraft!» (Und aus den Kochbüchern, die heute die Wünsche von damals längst erfüllt haben, die junge Frau die kulinarische Weisheit).

*

Ob der Ehemann immer diese Lebenshilfe für nötig erachtet, weiß man nicht. Viel bedeutet es schon fürs kleine Familienglück, wenn er nicht so ist wie jener Berliner Ehemann, der, von der Arbeit kommend, jeden Abend stumm sein Mahl hinunterschlingt und, zeitunglesend, nicht die erwartungsvollen Augen seiner Frau bemerkt, die dann bisweilen, sich ein Herz fassend, fragt, ob es ihm auch geschmeckt habe und der dann die in die Geschichte des Berliner Lebens eingegangene vielzitierte Antwort gibt: «Wenn ick nischt sage, schmeckts!» Es gibt aber auch jene weniger robuste Geschichte von dem Mann, der zum zweitenmal, nach einer langen Witwerschaft, eine Ehe eingegangen war. Er hatte Glück, auch in kulinarischer Hinsicht: Seine Frau war eine exzellente Kochkünstlerin. Leider litt ihre sonst gutfunktionierende neue Zweisamkeit darunter, daß der Mann auch bei den delikatesten Tischgenüssen nicht gerade taktvoll von den Kochwundern seiner *ersten* Frau sprach. Vor allem vermißte er ein bestimmtes Gewürz, das die jetzige Ehefrau nicht traf. Eines Tages hatte sie ihrem mäkelnden Erzberliner ein Eisbein mit Erbspüree und Sauerkohl bereitet. Sie hatte noch in der Küche zu tun, noch war das Mahl nicht tischfertig, aber das Aroma zog den Heimkehrenden unverzüglich in die

Vertrauenerweckende Platte: Sauerkraut mit Speck und Wurst – das reizt den Gourmand, aber auch den Gourmet.

Inniges Vergnügen des Feinschmeckers: Spargel-Sülze, fein garniert.

Gewürzen ansetzen und 1½ Stunden kochen. Das Schweinekarree hinzugeben und alles zusammen weich kochen. Das Fleisch in der Brühe abkühlen, herausnehmen, und die Brühe noch 1 Stunde langsam kochen, passieren und sehr gut abfetten. Das Eiweiß mit wenig Wasser etwas schlagen, die heiße Brühe unter ständigem Rühren darüber passieren, den Essig hinzugeben, zum Kochen bringen, zur Seite ziehen und zudecken. Sobald das Eiweiß sich als feste Masse auf der Oberfläche gebildet hat und das Gelee völlig klar ist, durch ein Tuch passieren. Das inzwischen kaltgewordene Schweinekarree zu vier gleichmäßigen Koteletts schneiden, den Knochen ablösen und etwas zurecht stutzen. Den Boden von passenden Formen dünn mit Gelee ausgießen und nach dem Festwerden mit Scheiben der mitgekochten Mohrrübe, hartgekochtem Ei, Scheiben von Pfeffergürkchen, Kapern und Estragonblättern usw. dekorieren. Die Koteletts einlegen, mit Gelee vollgießen und zum Festwerden kaltstellen. Hat man keine Formen, so legt man die Koteletts in ein flaches Geschirr, übergießt sie erst leicht mit Gelee und dekoriert jedes einzelne, solange das Gelee noch nicht fest ist, damit der Dekor haften bleibt. Dann übergießt man das ganze mit soviel Gelee, daß alles gut bedeckt ist, und stellt es zum Festwerden in den Kühlschrank. Die Koteletts sorgfältig aus dem Gelee ausschneiden, anrichten, mit dem übriggebliebenen, gewürfelten Gelee garnieren und nebenbei Bratkartoffeln servieren.

Man kann Gelee auch mit Gelatine bereiten. Man nimmt je nach der Jahreszeit 14—20 Blatt auf 1 l Brühe, im Durchschnitt 16 Blatt.

Küche. Schon vor der Tür konstatierte er erfreut: «*Jetzt* hast du es *endlich* getroffen — das Gewürz der Seligen ...» Worin bestand das Geheimnis dieses Gewürzes? Das Erbspüree war ... angebrannt.

*

Für manche Hausfrauen ist der Wochenmarkt auf einem benachbarten Platz, oder auch die Markthalle, eine Welt der Küchenwonnen. Diese Liebe zum Markt und zur Markthalle hat eine lange Berliner Tradition. Jede Berlinerin glaubt natürlich, daß Märkte oder Markthallen nirgendwo anders diese gewisse Poesie hätten oder gehabt hätten, wie an der Spree. Bekräftigt finden wir diese Meinung in dem alten Buch «Berliner Pflaster», das gegen Ende des vorigen Jahrhunderts erschien und Verse enthält, die hier zitiert seien:

Markthallen-Sehnsucht

Dem Poesie-Album einer Berliner Geheimraths-Köchin entnommen.

Wat wär' der Winter ohne Jrude-Ofen?
Wat wär' det Dasein ohne Liebesjlick?
Un könnt' ick nich mehr in die Halle loofen,
Wo jetzt die Märchte sind: wat wäre ick?!
So bei die Buden stehn zum Inzukoofen,
Det kricht ick schon von Kindheit uf nie dick;
Mir zingert's orndtlich in de Einjeweide — —
Marchthalle, du bist meine jreßte Freide!
Ick kennte dagelang da feste kleben,
Wat mir jewiß keen Mensch ooch nich verarcht,
Indem doch iberhaupt des janze Leben —

Leipziger Allerlei

150 g Grüne Bohnen und 200 g Mohrrüben, gewürfelt; 200 g grüne Erbsen; 200 g Spargelstücke von 5 cm Länge; 100 g Blumenkohlröschen; 150 g Morcheln; 8 Krebse; 12 Grießklößchen; 40 g Krebsbutter; 25 g Mehl; 1/4 l Fleischbrühe; 3 Eßlöffel Sahne; 40 g Butter.

Jede Gemüseart für sich in Salzwasser kochen, die kleingeschnittenen Morcheln in Butter dünsten, die Krebse kochen und ausbrechen, die Nasen aufheben. Nach dem Kochen das Gemüse gut abtropfen. Von der Krebsbutter und dem Mehl eine helle Schwitze machen, die Fleischbrühe, etwas Gemüsewasser und die Sahne hinzugeben, würzen und zu einer etwas dicklichen Sauce kochen. Das Gemüse und die Grießklößchen mit der Sauce binden, abschmecken, anrichten und mit den Krebsschwänzen und Nasen umlegen. Man kann auch das Gemüse für sich binden und die Klößchen mit zur Garnitur legen.
Es ist leider nicht alles, was in Dosen unter diesem Namen angeboten wird, ein Leipziger Allerlei.

Stangenspargel mit Schinken

2 kg Spargel; 400 g gekochter Schinken; ungefähr 75 g Butter. Kochzeit: 20—25 Minuten.

Den Spargel sorgfältig waschen, schälen, alles Holzige restlos entfernen, und gleichmäßig kürzen. In Bündel von 10—12 Stangen fest zusammenbinden, in kochendes Salzwasser legen und nicht zu flott kochen lassen, damit die Köpfe nicht abbrechen. Der Spargel soll gar, aber nicht zu weich sein. Den Spargel auf einer Serviette oder einem Gitter anrichten und den Faden entfernen. Dazu den gekochten Schinken, zerlassene Butter und neue Kartoffeln servieren. Solange es möglich war, wurde der Spargel aus Beelitz, südlich von Berlin, am liebsten gegessen.

Wat is't denn andersch wie een jroßer Marcht:
Hier packen se erscht aus, un dicht daneben
Wird's wieder in de Kiepen rinjesarcht;
Wer Geld hat, kricht de delekatsten Bissen,
Un hat er keens, denn wird er 'rausjeschmissen.
Un auch mit das Jemiese dhut des passen
Janz akkurat so wie mit «arm» un «reich»:
Kattoffeln, Weißkohl un wo's janze Massen
Von jiebt, det is mit Unsereenen jleich;
Wojejen Morcheln sind die «hehern Klassen»
Un Kiebitzeier un so'n feinet Zeich,
Wat merschtentheils blos schwer is zu verdragen ...
Un schließlich komm'n wir all' in eenen Magen!

.....

Vor mir lag einmal die Reproduktion eines Holzschnittes aus dem Jahre 1879. Schauplatz des darauf dargestellten Vorgangs: der Gendarmenmarkt, Schinkels Schauspielhaus und, im Nebel verschwimmend, einer der beiden Dome, die diesem Platz das unverwechselbare

Arme Ritter

3—4 Schrippen; ungefähr $1^{1}/_{2}$ Tassen gesüßte Milch; 2 kleine Eier; Bratbutter; Zucker und Zimt; geriebene Semmel.

Die Rinde der Schrippen auf dem Reibeisen leicht abreiben und jedes Stück in kleinfingerdicke Scheiben schneiden. Die Scheiben nebeneinander in eine große, flache Schüssel legen und mehrmals mit der kalten Milch übergießen. Die Scheiben sollen weich sein, aber nicht zerfallen. Jede einzelne erst durch geschlagenes Ei ziehen und dann mit geriebener Semmel panieren. In geklärter Butter (Butterfett) auf beiden Seiten goldbraun braten und noch warm mit Zucker und Zimt bestreuen. Man kann die Scheiben auch in heißem Fett schwimmend ausbacken.
Dazu reicht man oft gesondert Apfelreis mit Korinthen, mit Zimtzucker bestreut, oder eine Obstsauce.

Berliner Napfkuchen, abgeriebener

525 g Butter; 560 g Mehl; 550 g Zucker; 11 Eier, Gelb und Weiß getrennt; Abgeriebenes 1 Zitrone; 100 g gehackte Mandeln. Backzeit: ungefähr 60 Minuten.

Die Butter schaumig rühren und nach und nach das Mehl darunter mengen. Das Eigelb mit 300 g Zucker und der abgeriebenen Zitronenschale gleichfalls schaumig rühren und mit der Buttermasse vermischen. Das Eiweiß mit dem restlichen Zucker zu festem Schnee schlagen und locker unter die Masse heben, nicht rühren. Napfkuchenformen mit Butter ausstreichen und mit gehackten Mandeln ausstreuen. Die Masse einfüllen, wobei die Formen nur dreiviertel voll sein dürfen, und bei 190—200° C backen.

Gesicht geben. Vor dieser erhabenen Kulisse ein Planwagen, der eben aus dem Oderbruch in Berlin angelangt ist. Die Attraktion der dicken Oderbrucher Händlerin: die Fettgänse, deren Unvergleichlichkeit noch heute unvergessen ist. Die Käuferinnen umdrängen den Wagen der nahrhaften Last, die hochherrschaftliche Köchin mit weißer Schürze und Rüsche auf dem Haar hält prüfend so eine Fettgans am Hals in der Hand. Man war mitten in der Gründerzeit, Berlin war schon Weltstadt geworden, aber auf einem solchen turbulenten Markt war von Weltstadtluft mit einem Schlag nichts mehr zu spüren. Es war ein jäher Rückfall ins Altväterliche, so, als wäre der Schritt ins Industriezeitalter noch nicht getan worden. In unseren Tagen der modernen Einbauküche, die den Feuerherd nur noch als eine verklungene Sage erscheinen läßt, — in einer Zeit der Fertiggerichte, des abgepackten, gerupften und ausgenommenen Brathähnchens, scheint es einigermaßen verwunderlich, daß seit jener Zeit, da jenes Bild entstand, nur neun Jahrzehnte vergangen sein sollten: Jahrhunderte scheinen dazwischen zu liegen.

*

Jahrhunderte scheinen auch vergangen zu sein, da — um nur einen Altberliner Brauch als Beispiel zu nennen — an jedem Freitag Nachmittag der Fleischerlehrling oder auch die Fleischermeistersfrau mit einem Stuhl vor die Ladentür trat und eine weiße Schürze darüber breitete. Da wußten dann die Kunden, ohne weitere Ankündigung, Bescheid: es gab jetzt frische Blut- und Leberwurst, und es gab im Laden, stehend zu genießen, die so schmackhafte, gutgewürzte Wurstsuppe.

Berliner Napfkuchen

300 g Butter; 500 g Mehl; 30 g Hefe; Abgeriebenes 1 Zitrone; 5 feingehackte bittere Mandeln; 50 g gewürfeltes Zitronat; 100 g Sultaninen; 100 g Korinthen; 125 g Zucker; 6 Eier; etwas lauwarme Milch; gehackte Mandeln zum Ausstreuen der Form; 1 Prise Salz.
Backzeit: ungefähr 50 Minuten.

Von der Hefe, 200 g Mehl und etwas lauwarmer Milch ein Hefestück machen und aufgehen lassen. Die Butter mit dem Zucker schaumig rühren, die Eier nach und nach und auch die Zitronenschale, die bitteren Mandeln und das restliche Mehl hinzugeben. Mit dem inzwischen aufgegangenen Hefestück vermengen und solange bearbeiten, bis er sich glatt von der Schüssel abhebt. Zuletzt noch die gemehlten Früchte unterziehen. Den Teig in eine mit Butter ausgestrichene und mit gehackten Mandeln ausgestreute Form etwas mehr als zur Hälfte füllen. Aufgehen lassen und bei 190—200° C backen. Nach dem Erkalten stürzen und mit Puderzucker bestauben.

Wie ist dieses Zeichen der stummen Verkündung der nahrhaften Ergebnisse des Schlachttages zu erklären? Dafür gibt es zwei Deutungen, eine auf den ersten Blick plausible und eine romantisch-sentimentale: Die unromantische Deutung besagte, daß der Meister und die Gesellen, nachdem sie das Schlachtwerk beendet hatten, die Schürzen sofort reinigten und sie zum Trocknen ins Freie, über einen Stuhl, hängten. Bald wußten die Hausfrauen, was das bedeutete, und es bedurfte keiner weiteren Erklärung: in Tausenden Berliner Haushalten gab es nun frische Wurst und Wurstsuppe, in den meisten Fällen schon Freitag abend, aber auch der Sonnabend-Mittagstisch gehörte noch der frischen Wurst.

Berliner Pfannkuchen

375 g Mehl; 20 g Hefe; 1 Ei; 2 Eigelb; 65 g Zucker; 2 geriebene, bittere Mandeln; Abgeriebenes 1/2 Zitrone; 75 g Butter; etwa 1 Tasse lauwarme Milch; 1 Prise Salz; Marmelade zur Füllung. Zimtzucker.

Das Mehl in eine angewärmte Schüssel geben, in die Mitte eine Grube machen und die in einer halben Tasse lauwarmer Milch aufgelöste Hefe hineingießen und mit einem Teil des umgebenden Mehles einen weichen Ansatz machen, die Schüssel zudecken und 20 Minuten gehen lassen. Nun gibt man Ei, Eigelb, bittere Mandeln, abgeriebene Zitrone, Salz, Zucker und soviel lauwarme Milch hinzu, der Teig darf nicht zu weich, aber auch nicht zu fest sein. Den Teig tüchtig schlagen, bis er sich von der Schüssel abhebt, die flüssige, oder sehr weiche Butter dazugeben und abermals durcharbeiten, bis er glatt ist. Mit einem Tuch zudecken, noch einmal gehen lassen, zusammenschlagen, auf dem gemehlten Tisch ungefähr 1 cm dick ausrollen und dann Plätzchen von 7—8 cm Ø ausstechen. Den Rand der Hälfte der Plätzchen mit etwas Wasser leicht anfeuchten und in die Mitte einen kleinen Teelöffel Pflaumenmus oder beliebiger Marmelade geben. Obenauf ein zweites Plätzchen geben, den Rand gut andrücken und, eventuell, mit einem etwas kleineren Ausstecher nochmals rund ausstechen. Auf einem gemehlten Brett oder Tisch legen, mit einem leichten Tuch bedecken und gut aufgehen lassen. Sobald sie gut aufgegangen sind, die Pfannkuchen in einem Fettbad von 180° C — nicht viel auf einmal — erst auf einer und dann auf der anderen Seite goldbraun backen. Auf ein Tuch zum Abfetten legen, dann in Zimtzucker wälzen oder auch nur mit Puderzucker bestauben. Man kann die Oberseite auch mit leichter Wasserglasur überziehen.

Eine andere Erklärung dafür wird für Gemüter, die romantisch empfindsam sind, einen stärkeren Reiz haben:

Gegen Ende des 18. Jahrhunderts — Friedrich Wilhelm III. war eben auf den Thron gekommen — gab es am Molkenmarkt Nr. 11 eine kleine Budike. Der Kneipier hieß Friebel. Jeden Freitag schlachtete er ein Schwein. Wenn er diese Arbeit zu Ende gebracht hatte, nahm er die reichlich strapazierte Schürze ab und trat, angetan mit einer blütenweißen, vor seine Ladentür. Er wollte weiter nichts als nach der schweren Arbeit ein bißchen Molkenmarkt-Luft in die Lunge ziehen.

Das nahmen die Leute als ein Signal, und alsbald war der Laden voller Menschen, die Friebels Wurstsuppe löffelten.

Der in der ganzen Gegend sehr beliebte Budiker wurde — das neue Jahrhundert hatte eben begonnen — krank, schleppte sich noch eine kleine Weile hin und starb. Schon als er krank war, wollte seine Frau den Leuten der Gegend kundtun, daß trotz der Krankheit Vater Friebels der Betrieb weiterging, daß also am Freitag geschlachtet wurde, der Geselle aber den Brauch des Chefs nicht nachahmen wollte; so kam die Witwe auf den Gedanken, den gewohnten Platz ihres Mannes mit einem Stuhl zu besetzen, über den sie eine weiße Schürze breitete. Dabei blieb es, als Friebel gestorben war. So war denn der Stuhl mit der weißen Schürze gleichsam eine Art Erinnerungsmal für den Alten vom Molkenmarkt.

Bald danach stellten auch andere Budiker, vor allem aber die Fleischermeister am Schlachtetag Stühle mit

Flammerie

1 l Milch; 75 g Zucker; 10 geriebene Mandeln; 125 g Grieß; Abgeriebene $^{1}/_{2}$ Zitrone; 25 g Butter; 2 Eigelb; 2 Eiweiß. Kochzeit: 20—25 Minuten.

Die Milch mit der Zitronenschale ansetzen, den Grieß regenartig einlaufen lassen und unter mehrfachem Umrühren langsam kochen lassen. Die Mandeln und den Zukker, sowie eine Prise Salz hinzugeben. Sobald der Grieß gar ist, abseits des Feuers die Butter und das Eigelb unterrühren. Das Eiweiß zu festem Schnee schlagen und locker unter die kochendheiße Masse ziehen. In eine mit kaltem Wasser ausgespülte Form füllen und erst nach völligem Erkalten stürzen. Dazu Himbeersaft geben. Oft wird auch Kompott zum Flammerie gereicht.

Rote Grütze

350 g Himbeeren; 350 g rote Johannisbeeren; 150 g Zucker; reichlich $^{1}/_{4}$ l Wasser; 100—110 g Grieß. Kochzeit: ungefähr 15 Minuten.

Die Beeren mit dem Wasser zum Kochen bringen, bis sie platzen. Den Saft durch ein Sieb oder Tuch abpressen und auf 1 l Saft den Zucker geben, aufkochen und den Grieß regenartig einlaufen lassen. Unter ständigem Rühren zu einem Brei kochen, in eine mit Wasser ausgespülte Form füllen und kaltstellen. Will man die Grütze noch leichter machen und in Gläser oder Schälchen füllen, nur 75 g Grieß auf 1 l Saft nehmen. Anstelle von Grieß kann man auch Sago oder Tapioka nehmen, den man langsam dick und klar ausquellen läßt. Nach dem Stürzen zur roten Grütze kalte Vanillesauce oder frische süße Sahne servieren.

einer weißen Schürze vor die Tür ihrer Läden, — Leute, die den alten Friebel überhaupt nicht gekannt hatten.
Der Brauch ist auch ins 20. Jahrhundert übernommen worden, und die Generation, die aus den Kinderschuhen herauswuchs, als der erste Weltkrieg zu Ende gegangen war, ist noch mit dem Blick auf den Stuhl mit der Schürze groß geworden. Heute gibt es dieses Requisit des Zeitalters der Gemächlichkeit kaum noch; dafür hängen die Fleischer nun eine weiße Fahne heraus, auf der meist in roten Buchstaben verkündet wird, daß es Blut- und Leberwurst vom frisch geschlachteten Tier gäbe. (Sie wird kaum anders schmecken als zu Vater Friebels Zeit.)

Das Berliner Lebensklima hat sich im Wechsel der Epochen sehr oft verändert (und dann meist entscheidender als das anderer Städte, Landschaften, Provinzen). Der Geschmack der Berliner — soweit es ums Kulinarische geht — hat sich aber wohl kaum je gewandelt. Die Vorliebe der Spree-Athener für die traditionellen, angestammten Gaumengenüsse, von denen einige hier beschrieben wurden, ist nicht verkümmert. Sie sind so «aktuell» wie eh und je. Sie haben überlebt. *Sie* wenigstens kann man zum Beständigen zählen im Auf und Ab der wandelbaren und sich so bestürzend schnell verändernden Zeit.

Register

BERLINISCHE REMINISZENZEN

Gunther Haupt · Heinrich von Kleist in Berlin

Erich Böhl · Alt-Berliner Ansichten

Edda Prochownik · Berlinisch – Sprache mit Humor

Werner Schwipps · Garnisonkirchen von Berlin und Potsdam

Ingeborg Drewitz · Berliner Salons

Georg Zivier · Das Romanische Café

Ernst Pett · Die Pfaueninsel

Ilse Nicolas · Vom Potsdamer Platz zur Glienicker Brücke

Florian Kienzl · Die Berliner und ihr Theater

Egon Jameson · Am Flügel: Rudolf Nelson

Erhard Ingwersen · Standbilder in Berlin

Thorsten Müller · Berlins Ehrenbürger

Georg Zivier · Berlin und der Tanz

Werner Mittelbach · Märkische Märchen

Egon Jameson · Mein lachendes Spree-Athen

Hermann Teske · Berlin und seine Soldaten

Erhard Ingwersen · Berlinische Anekdoten II

Ilse Nicolas · Kreuzberger Impressionen

Alfred Grunow · Der Kaiser und die Kaiserstadt

Werner W. Malzacher · Berliner Gaunergeschichten

BERLINISCHE REMINISZENZEN

Karl Kupisch · Adolf Stoecker

Jürgen Schmädeke · Der Deutsche Reichstag

Cordula Moritz · Die Kleider der Berlinerin

Rolf Goetze · Von „Sonnenaufgang“ bis „Sonnenuntergang“

Georg Holmsten · Potsdam

Henseleit/Bickel · Berlin à la carte

Kurt Groggert · Spreefahrt tut not!

Georg Holmsten · Brandenburg

Dietrich Brandenburg · Berlins alte Krankenhäuser

Klaus-Dieter Wille · Berliner Landseen I u. II

Max Mechow · Berliner Studenten 1810 – 1914

Max Mechow · Ost- und Westpreußen in Berlin

Heinz-Georg Klös · Berlin und sein Zoo